中华魂

ZHONGHUA HUN

百部爱国故事丛书

学术独步　饮誉四海

——享有国际威望的科学家卢嘉锡

王丽波　编著

吉林人民出版社

图书在版编目（CIP）数据

学术独步　饮誉四海：享有国际威望的科学家卢嘉锡 / 王丽波编著 . -- 长春：吉林人民出版社，2011.3（2025.4 重印）
（中华魂·百部爱国故事丛书）
ISBN 978-7-206-07565-0

Ⅰ. ①学… Ⅱ. ①王… Ⅲ. ①故事－中国－当代
Ⅳ. ① I247.8

中国版本图书馆 CIP 数据核字 (2011) 第 032610 号

学术独步　饮誉四海

——享有国际威望的科学家卢嘉锡

XUESHU DUBU　YINYU SIHAI
——XIANGYOU GUOJI WEIWANG DE KEXUEJIA LU JIAXI

编　　著：王丽波
责任编辑：刘　学　　　　封面设计：孙浩瀚
制　　作：吉林人民出版社图文设计印务中心
吉林人民出版社出版 发行（长春市人民大街7548号　邮政编码：130022）
印　刷：北京一鑫印务有限责任公司
开　本：787mm×1092mm　1/16
印　张：8　　　　字　数：64千字
标准书号：ISBN 978-7-206-07565-0
版　次：2011年3月第1版　　印　次：2025年4月第3次印刷
定　价：35.00元

总 序

《中华魂》是一套故事丛书。它汇集了我国自鸦片战争以来一百八十余年间的近百位民族英雄、仁人志士、革命领袖、先进模范人物的生动感人事迹，表现了他们作为中华儿女的伟大的爱国主义精神。

爱国主义是人们对于“生于斯、长于斯、衣食于斯”的祖国的一种神圣感情，是人们对于自己民族的一种强烈的责任感和使命感，是感召和激励整个中华民族的一面永不褪色的旗帜。在一百多年的中国近现代史上，爱国主义一直激励着中华儿女为祖国的独立、统一、进步和繁荣而英勇奋斗。从“苟利国家生死以，岂因祸福避趋之”的林则徐，到“我自横刀向天笑，去留肝胆两昆仑”的谭嗣同；从“铁肩担道义，妙手著文章”的李大钊，到“青春换得江山壮，碧血染将天地红”的赵一曼；从“县委书记的好榜样”的焦裕禄，到“问鼎长天，扬我国威”的邓稼先……都表现出了强烈的爱国主义精神。正是由于热爱祖国的人们前仆后继地奋斗，国家和民族才得以生存，才能够在一次次历史危急关头转危为安，走向兴盛和富强，从而屹立于世界民族之林。爱国主义是鼓舞中华儿女历经忧患、跨越沧桑、百折不挠、自强不息的伟大力量，它贯穿于中华民族的整个历史，并有力地凝聚着五洲四海的中国人。

爱国主义是一个历史的范畴，在社会发展的不同阶段、不同时期有不同的具体内容。革命时期，需要我们为祖国的独立自主出生入死；建设时期，需要我们为祖国的繁荣富强增砖添瓦。在全国各族人民团结一心，开启全面建设社会主义现代化国家新征程的今天，我们要争做一名新时期的爱国者。新时期的爱国者要有强烈的民族自尊心、自豪感。民族自尊心、自豪感是任何时期、任何爱国者都必须具备的情感。民族自尊心能增强我们自立向上的恒心，民族自豪感能树立我们建设祖国的信心。要树立“祖国高于一切”的崇高信念，为了祖国和人民的利益不惜抛却个人的利益，甚至不惜牺牲个人的生命。我们要树立终身学习的理念，拓宽自己的知识面，广泛吸收新知识、新技术，完善自身的知识结构，更新学习知识的方法与理念，从思想上、知识上充分武装自己，为祖国的繁荣昌盛贡献力量。

爱国主义思想的继承和发扬，是关系到民族盛衰、国家兴亡的根本问题。爱国主义思想情操的形成，需要不断地培养。培养爱国主义精神的一个重要途径是向英雄人物和典范事迹学习和致敬。这套丛书的出版，对于青少年向英雄和先进人物学习，特别是对于在中小学生中进行爱国主义教育是不可多得的生动的教材。祝愿此书出版发行成功，为培养时代新人做出贡献。

胡维革

编委会

吾日三省吾身：为四化大局谋而不忠乎？与国内外同行交流学术而乏创新乎？奖掖后进不落实乎？

——卢嘉锡

目　录

中华魂 百部爱国故事丛书
ZHONGHUA HUN

学校里的神童

1915年10月26日，卢嘉锡出生于福建厦门一户名为“留种园”的以开塾馆为生的人家。他的父亲卢东启，是当地有名的塾师，设塾授徒，家境虽不富裕，但也衣食无忧。

卢嘉锡有一个哥哥，两个姐姐，一个弟弟。不幸的是，两个姐姐双双早逝。哥哥卢雨亭比他年长12岁，中间出现了很大的空缺，父母早就盼望再有一个孩子。所以他的诞生，给父母带来了不小的喜悦，冷清的家里一下子热闹起来。由于他生来虎头虎脑，嗓门特别大，逗人喜爱，父母看着他的模样，给他取了个“形象”又“象声”的小名——阿狮。

阿狮天资聪明。5岁那年，父亲决定把他收为“入门弟子”，像自己收的其他成年学生一样，跟随自己系统读书。

卢东启对自己的儿子寄予了极大希望，在正式拜师入学那天，他给儿子取了一个正式的名字——嘉锡，

卢嘉锡

取自中国古典文献《尚书》中的“嘉天之锡”一句，意思是“感谢上天的赏赐”。这既表示出父亲对“上天”赐予的感激之情，也是祈愿儿子有“天赐的聪颖”。

从父学习的卢嘉锡确实是很爱读书的。他从不把读书当作负担，而是当成乐趣。五年多的时间里，从《三字经》《百家姓》《增广贤文》等传统的启蒙教材，到四书五经等儒家经典，他差不多都读遍了。

父亲卢东启执教严谨，施教有方，对于任何学生，他都一视同仁，从不给自己的儿子“开小灶”，更不放纵、娇惯儿子。他对学生一律要求严格，在学业上对他们一丝不苟。父亲这种对于任何人都平等对待的做法，对学生道德培养、学业上进一贯严格要求的态度，对于卢嘉锡的性格和人生观的形成有着很大影响。

1926年春，父亲觉得卢嘉锡的启蒙教育可以告一段落，于是，便送他进入了商密小学，接受更正规的近代化“新学”。在这里，他主要学习的是算数、英文等知识。

卢嘉锡进入这所小学时已经十岁出头，算是“大龄”学生了。但是，他跟随父亲以及比自己年长12岁的哥哥学到了很多国文、算术、英语知识，所以一入学，他就直接插班六年级，而且各门功课也都学得不错。就这样，小学六年的课程，他一年就“跳”过去了。毕业时，他反而成了“小龄”学生。

1927年，卢嘉锡进入育才中学读书。因叔叔卢心启在那里执教，可以承担他的全部学费，减轻家里的负担，又由叔叔向校方说明他在塾馆和小学的学习情况，经校长黄幼垣同意，特许他“自由听课”。于是，学校里出现了一个行踪不定的“特殊”学生——他上一

年级的英文课，二年级的国文课，又兼上一二年级的数学课……在两个年级之间不停地穿梭。大家只知道他叫卢嘉锡，是这个学校的学生，却搞不清他是哪个年级的。

由于20世纪20年代的战乱和动荡时局，育才中学受各方影响被关闭，他转入了大同中学。对于这次转学，卢嘉锡并不当作负担，而是把它变成了又一次“跳级”的机会：他已经完全驾驭了一二年级的课程，所以到大同中学后，他直接“跳”入了三年级。然而，这次跳级并没有他想象的那样轻松，英语课程花费了很大力气才逾越了那条鸿沟，顺利通过学年考试。

大同中学是四年制中学，但在学习上永不满足的卢嘉锡，在读完三年级课程后，萌生了考取厦门大学预科组的想法。经过一段紧张的准备，他果然一举中的，国文、算数、英文、物理、化学，门门及格，被厦门大学预科录取。这年，卢嘉锡年仅13岁。

与化学结缘

在厦门大学预科组，卢嘉锡学习了两年时间。1930年，年仅15岁的卢嘉锡作为年龄最小的学生升入厦门大学本科。卢嘉锡自小对自然科学有着广泛的兴趣，尤其酷爱数学，因此他一开始选择主修数学，辅修化学。然而在上化学系的课时，他很快被一位老师妙趣横生的讲课风格所吸引。他就是时任厦门大学理学院院长的化学系主任张资珙教授。有一回，张教授在黑板上写下这样一个奇怪的分子式C3H3，转身问道："谁能说出，这是什么？"

卢嘉锡1934年在厦门大学化学系毕业

同学们互相交换着眼神，一时答不出来。

"一种碳氢化合物的分子式！"一位同学答到。

学过化学的人都知道，在化学元素表中，C是英语碳（carbon）的代

1934年厦门大学算学学会留影（二排右二为卢嘉锡，前排左三为张希陆教授）。

表符号，H是英语（hydrogen）的代表符号，表面看来，C3H3是3个碳原子和3个氢原子的化合物，是不错的。

张教授看着大家疑惑的目光，说道：

“不，这不是什么化合物的分子式，而是‘化学家分子式’！”张教授纠正道，并迅速写下3组英文：

Clear Head（清醒的头脑）

Clever Hands（灵巧的双手）

Clean Habit（洁净的习惯）

同学们恍然大悟，原来张教授说的“化学家分子式”，就是这3组英文的头一个字母组成的。张教授说："C3H3是一名化学家所应具备的品格。没有清醒的头脑，就抓不住本质；没有灵巧的双手，就做不好化学实验；没有整洁的习惯，就可能工作无条理，出大乱子。"卢嘉锡一生牢牢记住了恩师的这句话，身体力行，并成为他一生的写照。张资珙教授可能没想到，数年后，当他这位个子不高的学生站到讲台上时，他同样也是在第一节课把C3H3传给了他的学生。

正当卢嘉锡对化学发生很大兴趣时，张资珙教授也注意到这位经常坐在前排的学生很有化学天赋，便开始有意引导他在化学方面进取，同时启蒙他的科学救国思想。卢嘉锡从而更全面地了解了化学这门实用

在学术讨论会上作报告

性较强的新兴学科，以及它在富国强国方面的潜能。从第二学期开始，卢嘉锡改变了主修数学的初衷，转而主攻化学。不负张教授厚望，聪敏、勤奋，加上讲究学习技巧，卢嘉锡的学习成绩一直名列前茅。值得一提的是，他在这一阶段从学习实验中总结出来的“毛估”方法成为他一生从事化学研究的习惯，不仅有效地避免了大的错误，而且提高了工作效率。张乾二院士是当年卢嘉锡最得力的学生之一，现在已成为著名的量子化学家。回忆起恩师时他说：“卢老有一句话，毛估比不估好。就是说比较粗糙地估计一下，比你什么都不想，不去估计的好。”

1933年，父亲的去世带给卢嘉锡的不只是悲痛，同时还有生活的压力。从那时起，年仅18岁的卢嘉锡开始在厦门省立中学代课，同时在厦门大学担任学生助教。而这讲台他一站就是几十载。卢嘉锡上课的认真和沉稳在当时是出了名的。数十年后，有位叫肖恒的作者在著名分析化学家陈国珍教授的书斋里，发现存书里夹有两本已经发黄的实验报告。作者动情地写道："打开这两个本子，里面是蓝色的蘸水笔写就的分析化学实验报告，笔道粗细有致、纤丽工整，一丝不苟。更令人称道的是在蓝字中间还写有红色的眉批，也是同样的清丽干净，好似兰花与玫瑰花在绚丽的花丛中比美。这绝不是普通的笔记本，而是使巧夺天工的艺术大师自叹弗如，使心灵手巧的乡花女工拍案惊绝的精品。"蓝色的实验报告是陈国珍写的，红色的眉批则是卢嘉锡的笔迹。这份报告至今仍保存在厦门大学化学系的展室里。

卢嘉锡看望恩师张资珙教授的女儿张祖武（左二）、邬惠乐（右一）教授夫妇。(1999年)

拓展阅读
TUOZHAN YUEDU

科学大家的“毛估”

科学家不是“算命先生”，不能“预言”自己的研究结果；但茫无头绪地“寻寻觅觅”也是科学工作的大忌。我国物理化学学科及结构化学学科领域的奠基人卢嘉锡先生进行科学研究时，一向比较重视对最终结果的预测，以便从总体上更好地把握研究方向。他把这种预测叫作“毛估”，而且时常告诫自己的学生和科研人员：“毛估比不估好。”

卢嘉锡1934年毕业于厦门大学，1939年获英国伦敦大学理学博士学位。1945年回国后，历任厦门大学化学系教授、理学院院长、副校长，福州大学副校长，中国科学院福建物质结构研究所所长、中国科学院院长，中国科学技术协会副主席，中国化学学会理事长。他长期从事结构化学研究，是我国物理化学学科及结构化学学科领域的奠基人之一。

这样的一位科学大家，之所以特别强调

"毛估"，是和他学生时代出过的一次差错有关的。

在他大学三年级时，有一次物理化学考试，其中有个考题特别难，全班只有他一个人基本上做了出来。可是等考卷发回来，那道题目老师只给了他四分之一的分数，因为他把小数点点错了地方。老师注意到他思想上有些不通，就耐心地开导说："假如设计一座桥梁，小数点点错了一位可就出了大问题，犯大错误了……"

卢嘉锡理解了老师重扣分的一片苦心，继而就想到如何才能避免这类小错误的发生。当他静下心来检查出错的原因时，才发现问题不仅是一时的疏忽，而是因为他的计算结果在数量级上明显不合理；如果解题的时候能够认真对照分析，错误是完全可以发现和纠正的。

从那次以后，不论是考试还是习题，卢嘉锡总是千方百计地根据题意提出简单而又合理的物理模型，也就是毛估一下答案的数量级，这种做法，使他有效地克服了因偶然疏忽引起的差错。

拓展阅读
TUOZHAN YUEDU

1939年，卢嘉锡在英国获得理学博士学位，旋即到美国加州理工学院跟随后来两度荣获诺贝尔奖的鲍林教授学习和从事结构化学研究。他十分钦佩这位导师所具有的独特的化学直观能力：只要给出某种物质的化学式，鲍林往往就能大体上想象出这种物质的分子结构。这无形中"催化"了卢嘉锡朴素的毛估思维，他常常揣摩导师治学与研究的思维方法，探究导师非凡想象力的根基与奥秘。他发现那是善于把握事物本质的能力与毛估性判断的结果，这一发现引发卢嘉锡更重视毛估方法的训练和提高。

卢嘉锡认为，在立题研究的初期，研究者特别是学术带头人如能定性地提出比较合理的"目标模型"，对于正确地把握研究方向，避免走弯路甚至南辕北辙是很有价值的。

在中科院福建物质结构研究所工作期间，卢嘉锡和他的同事对固氮酶活性中心所可能具备的构型进行了"毛估"，认为理想的固氮酶活性中心结构模型应该是不少于四核的"簇合"

型化合物。运用毛估的方法使他们在1973年下半年就提出了“网兜状”四核簇的“福州模型Ⅰ”，这是当时国际上发展得最早又是比较成熟的两个结构模型之一，后来他们在此基础上又发展出“福州模型Ⅱ”。就单体而言，这和后来美国人提出来的模型十分相似。由此可见他们提出的毛估模型有不小的合理成分。尽管是运用毛估，但卢嘉锡强调要有科学的前提，那就是全面把握事物的本质。

这是卢嘉锡长期从事科学研究工作积累起来的一点体会。他常常寄语青年科学工作者：当你捕捉到一个有价值的研究课题却在工作开展后把握不住方向时；当你在探索真理的汪洋大海中感到茫然不知所措时；当你下狠心攻克某个科学难关而又难于攻下时，请回头探讨一下你的“目标模型”，问问自己是否已经建立起一个相当合理的模型。

寻学欧美

卢嘉锡并没有满足于助教这一份安逸的工作。他深知，要改变中华百年来的屈辱史，就得走科学救国的道路。于是在“师夷长技以制夷”思想的影响下，他萌发了出国留学的想法。而在出国留学学校选择方面，他也非常明确，选择中美庚款公费留学或者中英庚款公费留学。从1934年起，卢嘉锡在众多师长和亲友的鼓励下，三赴南京，终于在1937年3月以第一名的成绩考取了第五届中英庚款公费留学。这一年，他还不满22岁。8月，卢嘉锡告别

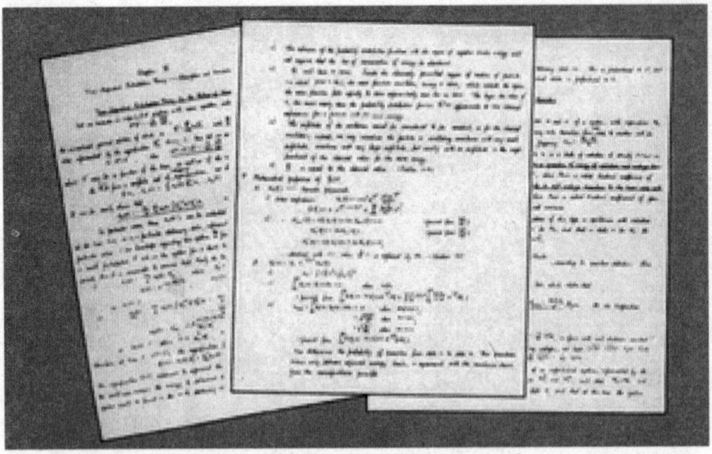

20世纪80年代初，鲍林教授寄回他保存了近40年的卢嘉锡当年的量子力学学习笔记。

妻子，告别母校，远涉重洋，到达英国伦敦，进入英国伦敦大学化学系，并在伦敦大学注册申请学位。

在那里，他遇到了一个好老师，他就是磁化学和放射化学著名专家萨格登。萨格登教授是英国皇家学会会员，在热化学、磁化学和放射化学方面颇负盛名。他执教严谨，对学生的要求也很严格。当时中国留学生在英国，很大程度上是老师选学生，如果老师看中哪一个学生，即可以找这个学生谈。萨格登在许多学生中选中了卢嘉锡。他很愿意教授这个中国学生，因为他从卢嘉锡身上看到了中国留学生的刻苦和聪明。第一次见面，萨格登就问卢嘉

1939年在英国伦敦大学化学系人工放射性研究实验室

1940年在美国加州理工学院与中国留美同学留影（前排：左一钱学森、右二卢嘉锡、右一袁家骝；二排左一张捷迁）。

锡：你选择什么研究方向？对这个问题，卢嘉锡早已经思虑很久了，他没有任何犹豫便回答：我选择放射化学。萨格登听后十分意外，因为这个方向是化学研究中最难的，一般在伦敦大学学习多年，成绩优异的学生，也都不愿意选择这个方向，而初到英国的卢嘉锡竟然选择了这个方向。他虽然感到意外，但脸上的表情立刻由惊奇变为赞赏。他赞赏这位中国留学生的勇气，赞赏这位中国留学生的眼光，知道这位中国留学生是立志攀登科学高峰的，因为沿着这个最难的研究方向走，才能攀登科学高峰。

卢嘉锡在萨格登教授的指导下学习了两年。在这两年时间里，萨格登毫无保留地把自己所掌握的最新知识都教授给卢嘉锡。卢嘉锡也刻苦用功，在老师指导下细心研究学问，终于学业有成。1939年，卢嘉锡在萨格登教授指导下写出了题为《放射性卤素的化学浓集法》的博士论文，发表于英国国际权威刊物《化学会志》上。这篇论文发表后，在化学界引起重视。因为在人工放射性领域，卢嘉锡是最早实际进行定量

1986年访问美国时，拜访当年留学美国时的博士后导师、两项诺贝尔奖（化学奖与和平奖）获得者鲍林教授。

研究工作和首次成功地分离出放射性高度浓缩物的化学家，他的这篇论文就是把自己的研究成果加以概括，公布出来。实际上，这篇论文的发表，已经奠定了卢嘉锡在化学界的地位。通过这篇论文的答辩，卢嘉锡获得了化学博士学位。

在伦敦大学获博士学位后，卢嘉锡迫切希望到世界一流的科学家身边工作和学习。他把自己的想法如实地向萨格登教授讲了，萨格登很赞赏这位得意门生的进取心，亲笔给在美国的化学家、他的朋友鲍林写了一封信，介绍了卢嘉锡的情况。鲍林接到信后，表示同意接收这个学生。这样，卢嘉锡便从英国到了美国加州理工学院，师从两度荣获诺贝尔奖（1954年的化学奖和1963年的和平奖）的鲍林教授从事结构化学研究。跟随鲍林的四年多时间对卢嘉锡来说是一生的财富，并由此奠定了他在化学界的领先地位。

鲍林是20世纪杰出的化学家，当时任美国加州理工学院教授。在科学上，他把量子力学运用于分子结构和化学键本质的研究，获得了重大成就，成为量子化学的创始人之一。卢嘉锡对结构化学的研究就是在鲍林教授的指导下开始的，并成为他科学生涯中具有决定意义的又一个转折点。

在加州理工学院，卢嘉锡掌握了从事晶体结构研究的X射线衍射法和电子衍射法，承担了多项研究课题。他和美国、加拿大等国科学家一起，用新颖的方法，测定过氧化氢的分子结构、二联苯晶体结构、硫氮（S_4N_4）砷硫（As_4S_4）等化合物的结构，都获得成功，解决了国际化学界的许多难题。

卢嘉锡对X射线晶体结构的分析中，在实验方法和技术上，也有着重要的建树。他设计出来的Lp因子倒数图和两种曲线卡，把过去十分繁重的手工计算变得非常简便，大大节省了时间，提高了效率，在国际上被广泛采用，并被收入《国际晶体数学用表》，以他的姓氏命名为“卢氏图表”。

1987年，卢嘉锡接受英国伦敦市立大学授予的名誉博士学位。

1944年，美国通过一项战时法规，规定旅居美国的所有外国留学生必须为战争服务：要么入伍当兵，要么参加国防科研，两项中任选一项。卢嘉锡选择了后者。他被派往华盛顿附近美国国防研究委员会第13局所属的马里兰研究室工作。这是美国国家投资办的研究机构，集中了当时世界上最先进的实验设备，也集中了一大批科研人才。卢嘉锡在这里能够进行当时最好的实验，发展自己的学问，同时也能在与同事共事中学到许多新知识。在这里，卢嘉锡以“打仗”的姿态进行工作，并在燃烧和爆炸方面取得了出色的成绩，获得了美国科学研究局OSRD颁发的“科学研究与发展成就奖。”

正是跟随鲍林教授的这几年培养了卢嘉锡非凡的化学直观能力，成为他一生科研最显著的特点。张乾二院士说：“卢老的化学直观性非常强。看一个问题，他往往可以在没有进行深入研究之前，就能看出问题所在。”

1945年11月，就在“二战”结束后的第一个冬天到来的时候，思国心切的卢嘉锡冲破了美国当局的层层阻挠，回到了阔别八年之久的祖国，开始实践他“科学救国”的诺言。

科学救国

1945年，中国抗战胜利。当时中国国内和平建国的呼声日高。留学英美长达八年的卢嘉锡，为改变中国积弱积贫的面貌，发展中国的科学事业，他舍弃了在美国优越的待遇和科研条件，满怀一腔热忱，于当年11月21日离开旧金山，12月上旬到达祖国上海，1946年1月由上海回到厦门，决心实现自己“报效祖国”的誓言。

卢嘉锡还在美国的时候，国内的厦门大学和浙江大学就都听说他要归国报效，争相邀请他到本校来任教。然而，厦门大学、浙江大学两校争聘却一度让他左右为难。时任母校厦门大学校长的汪德耀找到卢嘉锡，再三恳请他留在母校。而浙江大学理学院院长胡刚复也发来电报，催促他“早日来杭”。原来，在卢嘉锡回国前，两校都曾向他发出聘请，如今两校又互不相让。

一边上门劝说，一边电报猛催。面对眼前难于割舍的“情”和“义”，卢嘉锡进退两难。后来经朋友调解，最终达成一个两全的“协约”——卢嘉锡交叉往返于厦杭之间，受聘于母校厦门大学化学系教授兼系

1979年参加全国劳模大会归来，胸佩劳模奖章在书房留影。

主任，并受聘于浙江大学讲授物理化学课程。

1946年春，卢嘉锡在厦门大学讲课，秋季首次赴杭讲学，《厦大校刊》曾有如下报道：

“本校化学系主任卢嘉锡先生，近应国立浙江大学之邀，前往该校讲学。卢主任11月30日搭飞机飞沪转杭，讲学3个月，约明年3月返本校任教……”

卢嘉锡早在本科毕业当助教时就显示了其教师的天赋。此时他学成归国，了解国际化学界最前沿的研究动态，更是受到众多学生的喜爱，凡他上课总是座无虚席。他讲课时声音洪亮清晰，板书清秀工整。同时，卢嘉锡还善于用形象又贴切的比喻帮助学生消化那些难以理解的概念和枯燥的理论。许多他当年的学生回忆说，听卢嘉锡讲课特别轻松，他能化抽象为形象、化艰深为平易、化枯燥为幽默，且入木三分，让人听了有如沐春风、如入胜境之感。事实上，善于运用既形象又贴切的比喻来帮助学生消化一些难于理解的概念和理论，正是卢嘉锡教学的显著特点之一。

他的很多学生至今仍清楚地记得恩师当年上课的情形。中科院福建物质结构研究所副所长洪茂椿说：

“……他就拿一根粉笔，还有一张日历表，上面就写了几个字，他就可以讲两个半钟头。”

事实上，为他教学才华倾倒的不仅仅是学生，还包括听过他讲课的教师乃至资历相当的教授。我国著名物理化学家吴征铠教授在一篇文章中曾特别提到卢嘉锡在浙江大学授课时说过的一句话，“功之于能犹如雨、雪、霜之于水”。

卢嘉锡同志与周培源教授（右）、华罗庚教授（后）交谈。

卢嘉锡一生保持着严谨的科研习惯，对学生要求严格在学术界也是出了名的。他的女儿回忆道：“有时候

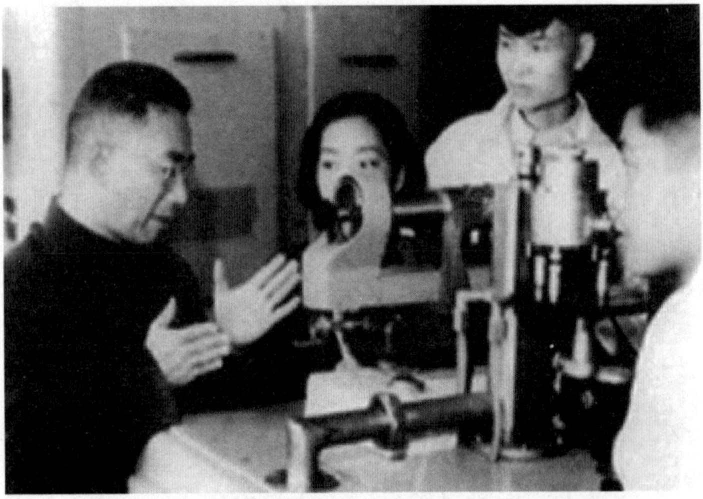

卢嘉锡在指导学生

学生怕送报告、送论文给他。因为他往往是要一字一句，一个标点符号一个标点符号地改。他不允许有一个错别字，非常严谨。”

卢嘉锡是抱着满腔热情，回国大展身手的。无论在厦门大学还是在浙江大学，他都是尽心尽力，把自己的“功”和“能”毫无保留地奉献出来，他也因此在国内名牌大学的讲坛上崭露头角。然而，在卢嘉锡回国之初，也经历了一段辛酸的日子。

1946年6月，全国内战爆发，形势急转直下，虽然浙江、福建当时还没有战火纷飞，民不聊生，但物价却飞涨得离谱。1946年7月，厦门的米价是每石11万元，1947年4月就涨到23万元，1948年更上涨百倍，变成吓人的天文数字！大学教授的薪水在社会上算是挺高的，一个月也只能买20多斤米，3担柴，30斤菜……连教授们糊口都成了一大难题，学校的情况也就可想而知了。

开始，卢嘉锡在两校受聘，每月可领到两份薪水，但在飞涨的物价面前，依旧变得微不足道。后来，交通不便，旅途多艰，他也就不再到浙江大学，而专在厦门大学任职了。然而，就连那点可怜的薪水，学校也发不起。这时，他们家又添了两个孩子，为了糊口，他和夫人不得不变卖本来就不多的家当。等到家当也

前排右起：苏孝忠、钱学正、汪汉卿、裘祖文、卢嘉锡、林慰桢、李庆京、庄申远、刘杰、孙明伟、郑桂宝、张永茂。

卢嘉锡是福建物质结构研究所第一任所长

无可变卖了，夫人只得忍痛把他们结婚时互赠纪念的、刻有名字的一对戒指，也拿出来换了大米。

卢嘉锡“科学救国”的理想受到严重挫折，但他的报国之志却坚定如初。他相信祖国总有一天会好起来，这一天不会太远。

正当大学的教学活动几乎陷于停顿的时候，他接到了在美国曾指导他进行研究工作的高级研究员休斯博士的来信。休斯回顾了他们在美国的愉快合作，对他目前无法进行科研表示惋惜，建议他在中国尚处于战乱的时候，再到美国去从事科研，或者干脆把家也搬过去，等国家稳定了再回来。休斯还随信寄来了鲍林教授和卢嘉锡的合影。这无疑是说这一邀请也代表了鲍林的意思。

应该说，休斯的邀请是友好、善意的。可卢嘉锡还是毫不犹豫地回信婉辞谢绝了休斯博士的好意，表示他自己的命运已经和祖国的命运、人民的命运紧紧联系在一起，无论多么困难，决不离开自己的祖国。

卢嘉锡在实际生活中，目睹了国民党政权的腐朽没落，丧尽人心，深知它的垮台是历史的必然。1949年，国民党当局彻底失败撤离大陆时，曾派人劝说卢嘉锡到台湾去，但被他拒绝。

卢嘉锡出于科学家的正义感和爱国心，本能地投入为民主和进步而斗争的行列。他支持学生的“反饥饿、反内战”运动，积极营救被捕学生和工友；与王亚南等十位教授在报纸上发表反对美国扶植日本军国主义复活的笔谈；以厦门大学校友总会理事长的身份发起募捐，帮助最困难的学生和老师渡过难关；以厦门大学应变委员会副主席（主席为校长汪德耀）的身份，领导护校工作，团结全体师生，冲破黎明前的黑暗……他的正直，赢得全校师生员工的信赖，但触怒了国民党厦门当局，成为被严密注视的对象。

1949年10月1日，中华人民共和国成立，中国人民从此站起来了。卢嘉锡终于迎来了共和国的曙光，迎来了他事业上的新起点。

作为厦门大学化学系主任，他首先想到的当然是

指导青年科技人员进行原子簇化合物研究工作

要把化学系办好。但谈何容易！经过十四年抗战，四年内战，化学系只剩下一个空架子，这位年轻的系主任千方百计地联系，或登门拜访，或函电邀请，一次不行，就第二次，不放过一切机会，不放过一个可能争取的对象。对于他过去的老师，他动之以“师生之情”；对于自己熟悉的同行，他动之以“乡情”；对于家在厦门，工作在他乡的异国的同行，他动之“校情”……总之，他以重振厦门大学化学系、恢复往日“雄风”的真诚和热情去打动人，在短时间内解决了师资、资金和设备上的短缺，化学系汇聚了蔡启瑞、陈国珍、钱人元、吴思敏、方锡畴等一批著名教授，学生也由50名发展到630名，成为全校第一大系。化学系又出现人才济济，实力雄厚的局面。

接下来，他便考虑如何设置化学系课程，特别是如何设立新的专业，形成自己的特色。在这方面，他是从来不墨守成规，不安于现状的。他乐于进取，不回避挑战，无论在他个人的学业，在领导化学系，还是在后来的工作中都是如此。他和钱人元、陈国珍等教授在20世纪40年代末至50年代初创设的现代化学、统计热力学、结构化学和分析化学等专业课程，在全国都是走在前列的，或者是具有开创性的，从而大大提高了厦门大学化学系在高教界和学术界的影响。这一时期，也被认为是化学系战后的中兴时期，著名化学家朱沅、田昭武、张乾二等都是在这一时期毕业的。

受高等教育部的委托，卢嘉锡于1953年和唐敖庆教授在山东大学（当时在青岛），1954年又和唐敖庆、吴征铠、徐光宪教授在北京大学，先后举办两期物质结构暑假讲习班，培养有关师资，从而为国内高等化

厦门大学化学会欢送陈国珍先生赴英留学暨毕业留影(1948年)

卢嘉锡与友人攀谈

学系普遍开设物质结构课程打下良好基础，后来在物质结构教学上卓有建树的教师很多都是通过这两次讲习培养出来的。

南来北往，卢嘉锡延续着他的科教生涯。那几年正是他崭露才华、蜚声讲坛而成为一名教育家的重要时期。有数字表明，1966年前厦门大学共培养出63名研究生，其中41名出自化学系，占将近三分之二。卢嘉锡对于厦大化学系的贡献可见一斑。

从1945年底回国到1960年，卢嘉锡在厦门大学连续工作了15个年头。在化学系主任、理学院院长、数理系主任、副教务长、研究部主任、校长助理、副校长等各个岗位上，都奉献了他的聪明才智。1955年，年仅40岁的卢嘉锡被国务院任命为中科院数理化学部委员。同年，他又被高教部聘为全国第一批一级教授。当然，这

都体现着他在教育界和科学界的成就与声望。

多年后，卢嘉锡曾在“知我中华，爱我中华，兴我中华”一文中这样写道：“爱国不是一个空洞的概念，它有着丰富的内涵和实际内容。祖国是我们祖祖辈辈赖以生存、生息繁衍的地方，是我们难以割舍、永远无法忘怀的根。像大多数知识分子一样，在国外学习和工作八年之后，为了报效祖国，我毅然放弃国外优越的工作和生活条件，回到祖国，在和祖国共同经历了几十年的风风雨雨之后，我对自己所作出的人生选择无怨无悔……几十年的经历使我深深地明白了，树木只有扎根于肥沃的土壤中才能根深叶茂，中国知识分子的根也只有深深地扎根在中国这块广阔肥沃的土壤中才能长成参天大树。”

打下厦大根基

和很多教育家一样，卢嘉锡一生桃李满天下，卢嘉锡的儿子卢嵩岳说："父亲培养的大学校长可能有一二十名，院士也有七八名。"

卢嘉锡曾说过："一个老师，假使培养不出几个比他出色的学生，这个老师就没尽到责任。"在他的促成下，包括蔡启瑞、陈国珍在内的几十位教师和学生得以公派出国留学，回国后成为各自学科领域的带头人。

20世纪50年代初卢嘉锡（右二）任副教务长时与王亚南校长（中）、章振乾教务长（右三）、张玉麟训导主任（左三）等合影。

卢嘉锡与蔡启瑞均为中国科学院院士、我国化学界杰出的科学家。1945年，卢嘉锡学成回国后担任厦门大学理学院院长兼化学系系主任，他十分赞赏蔡启瑞，全力推荐蔡启瑞赴美留学。蔡启瑞回国后他们又并肩攻关。蔡启瑞先生回忆说："卢先生对于我来说，既是老师也是朋友。"

1958年秋天，蔡启瑞和他的助手们在厦门大学建立了中国高校第一个催化教研室，并从此成为中国催化科学研究的基地之一。几经探索，蔡启瑞成为中国催化化学学科的奠基人。他感慨地说："我在厦大的早期工作，一直得到卢先生的支持。"

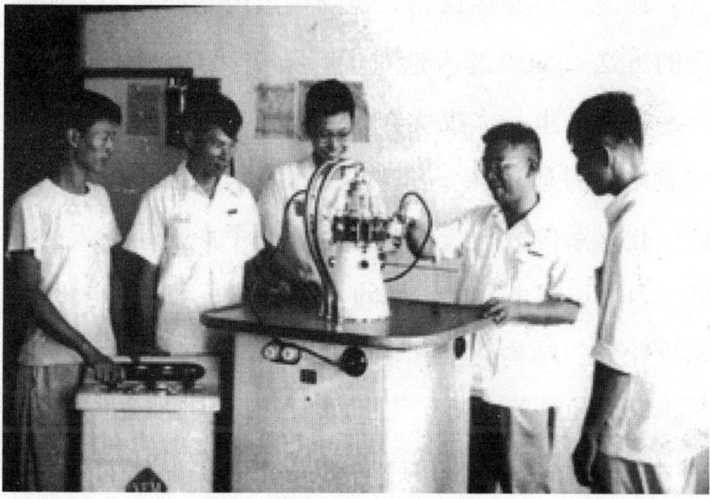

20世纪50年代在厦门大学化学系晶体衍射实验室（右二为卢嘉锡，右一为张乾二）

1986年10月，卢嘉锡在厦门大学作学术报告。

蔡启瑞回忆，抗战胜利后，厦门大学经费困难，人才缺乏。卢嘉锡认为，送师生出国是培养人才最快捷的方法，如果选人选对了，很快就有成效。于是，卢嘉锡把系里一大批优秀人才推荐到国外学习，特别注意培养科研梯队。后来这些留学生回到厦门大学，成了化学系的教研骨干力量，证明了卢嘉锡选人的眼光。目前厦门大学化学系的主要学科框架——电化学、理论化学、结构化学和催化化学，学科带头人几乎都与卢嘉锡的培养有关。

中科院资深院士蔡启瑞动情地说："对化学系今天的繁荣，有最大贡献的，首功应该是卢嘉锡。那么后来我们再接下来就好做了。前人种树，后人乘凉。"

倾力创业

1960年起，卢嘉锡开始了长达20多年的福州创业生涯。他参与创建和领导了福州大学和中国科学院福建物质结构研究所。作为建校之初校领导中唯一的著名科学家，卢嘉锡肩负着学校教学和科研的规划与落实的重任。

20世纪60年代初期正值三年困难时期，生活苦、师资缺、校舍尚未完工，创办福州大学用卢嘉锡的话说“真是困难重重”。但卢嘉锡是一个善于动脑、善用巧劲的人。师资力量匮乏，他便采取“请进来”和“走出去”的措施，极短时间里既“网罗”来不少人

20世纪60年代初的福建物质结构研究组

20世纪60年代在福州大学住所的书房里工作

才，又为学校培养出许多年轻教师。同时，卢嘉锡还着手主抓了福州大学的第一批科研工作。福州大学教学科研很快初见成效。

在就任福州大学副校长的同时，卢嘉锡还受命筹建中国科学院福建分院。作为福建省唯一的中科院自然科学学部委员，卢嘉锡深知自己在业务和学术上的担子有多重。随着福大的教学与科研步入正轨，卢嘉锡逐渐将主要精力转向筹建中国科学院福建分院，创建了中国科学院福建物质结构研究所。

在福建物质结构研究所工作期间，他提出并逐步完善五重双结合的建所思想，即“实验为主，理论为辅；化学为主，非化学为辅；结构为主，性能为辅；静态为主，动态为辅；基础为主，应用为辅”。在实际工作中，既要把握事物的重点，又要注意非重点部分，注意处理好它们之间的辩证统一、相辅相成的关系。正是在这种建所思想指导下，物质结构研究所得到了长足的发展，办出了自己的特色。

数年后，中科院院士郭可信教授在物质结构研究所的一次学术评议会上说：“物构所是在‘大跃进’后建立的，而且全所仅有卢嘉锡一人是高级研究员，担子重，困难大，消耗了他多少心血，熬白了他多少青丝，才有今日这样辉煌瞩目的成果啊！”

1978年，福建物质结构研究所恢复研究生招生。在卢嘉锡的领导下，福建物质结构研究所不仅科研成果显著，而且培养了大批人才，使福建物质结构研究所所成为我国原子簇化学研究的中心以及国内外新技术晶体材料的研究中心之一。图为恢复研究生招生后培养的第一批硕士。

1962年，物质结构研究所的筹建工作基本结束，全所工作转入正轨。年底，中国科学院院长郭沫若来福建视察，看到物质结构研究所发扬艰苦创业精神的成果后十分高兴，将途中所作《登鼓山》一诗书赠卢嘉锡：

建所初期的中国科学院华东（现称福建）物质结构研究所

关上耸群峰，闽江一览中。
人来挝石鼓，我欲抚苍穹。
万岭波涛涌，千帆烟雨濛。
车随山路转，如看万花筒。

郭沫若的这首诗，意在鼓励卢嘉锡在攀登科学技术的高峰途中要不怕曲折、不断前进。卢嘉锡一直牢记郭沫若对自己的肯定、赞赏和期望，将这作为自己不懈奋斗的一种动力。卢嘉锡把这幅珍贵的手迹一直悬挂在自己的书房中。

感念周总理

解放前，卢嘉锡读书、任教多在南方城市。1953年，卢嘉锡参加教育部会议，第一次来到新中国的首都——北京。1955年夏天，他被遴选为中国科学院首批学部委员（现称院士），当时他还不满40岁，是最年轻的学部委员之一。这以后，他到北京开会的机会多了起来。1956年到北京参加制订我国科学发展规划期间，有一天他在北京饭店乘电梯，突然电梯门开了，进来一位中等身材的人。他一看，是周恩来总理！周总理对他点了点头，亲切地说："你是卢嘉锡同志吧！"卢嘉锡的心受到了强烈震撼：自己是学部委员中的"小字辈"，又工作在遥远的南方，从未与总理单独晤

工作中的卢嘉锡

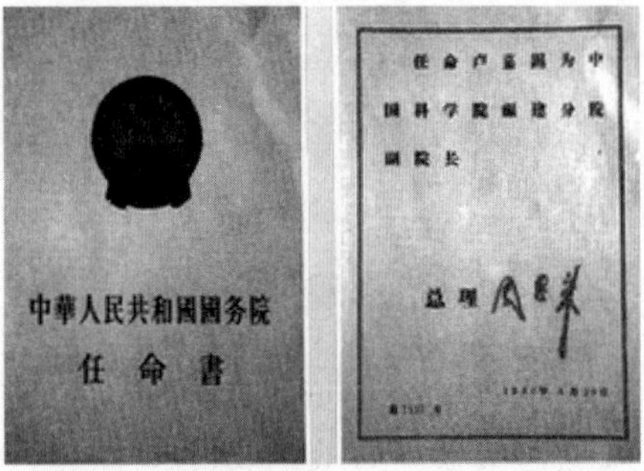

1960年国务院颁发由周恩来总理签署的任命书

面过，现在第一次见面，总理不但认得自己，而且叫出了自己的名字！这让卢嘉锡对总理的崇敬之情不禁油然而生。

1966年，正当卢嘉锡努力以自己的学识为祖国的科学教育事业贡献力量的时候，“文革”的浩劫席卷了祖国大地。作为福州大学主要领导人之一和中国科学院福建分院院长的卢嘉锡自然在劫难逃。他被作为劳动改造对象“扫”进了“牛棚”，“走资派”“资产阶级学术权威”“特嫌”等一顶顶帽子戴在了他的头上。他感到十分困惑，但他最痛心的是被剥夺了从事科研的权利。他忧心如焚，担心自己只能眼睁睁地看着这一切成果被糟蹋、被破坏而束手无策。他写检查，“深挖封资修思想根源”，他写申诉，批驳强加在自己头上的种种不实之词，为的就是重返科研第一线。虽然境遇长时间没有明显改善，但是卢嘉锡正直的品格和实事求是的态度依然如旧。

其实，福州大学和物质结构研究所的绝大多数师生员工都很清楚，他是个无辜的受害者，他们了解他的为人，佩服他的渊博，尊重这样一位一心扑在事业上的科学家。然而，他们只能表示安慰，并鼓励他这种混乱的局面总有一天要结束。

他怎么能料到，这一等就是十余年！

1969年的一天，他突然被宣布“解放”，并准许他“下厂锻炼”“搞科研”，这的确出乎他的意料。虽然他还不能直接从事自己魂牵梦萦的化学研究，而是被派到工厂帮助搞工艺革新、给工人讲“优选法”，但这在当时已经使他十分欣慰了。不过为什么突然宣布“解放”他，心中的这个“谜”一直到“文革”结束后才解开。原来是周恩来总理一次接见来华访问的美籍华人科学家，卢嘉锡留学美国时的同窗好友袁家骝、吴

工作中的卢嘉锡

1972年，卢嘉锡带领福州大学化学化工系师生下厂开展科研。

健雄教授夫妇，在谈话时他们提起过卢嘉锡的名字。当周总理得知著名化学家卢嘉锡被揪斗，之后又被强迫劳动改造，他特意作出指示：对卢嘉锡这样的科学家，要保护。他让身边工作人员给时任福州军区的司令员打电话，交代不能再让他劳动改造，要让他重新搞科研，要“立即解放、安排工作”。

卢嘉锡原本就十分敬佩周总理，这件事更让他牢记周总理的恩德。周总理逝世时，他万分悲痛。在此后的人生中，他始终不忘是周总理在最艰难的时候保护了自己，他曾深情地借改李白的两句诗来怀念周总理：桃花潭水深千尺，不及周公对我情！

出任中国科学院院长

1976年10月，“四人帮”被粉碎，不久，“文革”结束。卢嘉锡感到自己获得了第二次新生，把全部精力重新投入到科学研究上去。这一阶段，卢嘉锡主要是在物质结构研究所工作。从1977年到1981年是卢嘉锡在物质结构研究所干得最顺心最顺手的时期，科研捷报频传。在多年的奋斗中，物质结构研究所累计取得了140项科研成果，其中重大成果40项，物质结构研究所已成为我国原子簇化学研究的中心以及国内外新技术晶体材料的研究中心之一，蜚声海内外。

1978年3月在全国科技大会上（后排：左六陈春先、左七邓稼先、右四严陆光；前排：左一卢嘉锡、左四朱光亚、左六裴丽生、右三张文裕、右四赵忠尧、右五王淦昌）

1981年5月，卢嘉锡在中国科学院第四次学部委员大会上当选为中国科学院院长。

与此同时，卢嘉锡的职务也变了，他除了担任物质结构研究所所长、研究员职务外，还当选为福建省人大常委会副主任、福建省政协副主席，中国科学技术协会常委，中国化学会副理事长、理事长，福建省科学技术协会第一届主席、第三届名誉主席。他还于1979年被评为“全国劳动模范”。

卢嘉锡领导科研工作的能力，在科学研究方面取得的成就，早就被中央所关注。中央领导人早就想把卢嘉锡调到更高的岗位上工作，让他发挥更好的作用。

1981年，卢嘉锡科教生涯中发生了重大变化。当了21年物质结构研究所所长的卢嘉锡在这一年开始了新的旅程。

1980年，中国科学院党组就开始考虑院长和副院长人选。当时五位科学家副院长中，童第周已经逝世，严济慈、周培源已年过古稀，华罗庚、钱三强也年近七旬；而方毅因党中央工作繁忙又兼国家科委主任，希望不再担任院长职务，由谁来接任的问题成了焦点。

1980年底的一天，卢嘉锡在福建接到北京打来的长途电话，中科院李苏副秘书长告诉他：中科院党组决定任命卢嘉锡为化学部代主任，等到第二年开学部委员会全体大会时将另有任用。

不久，卢嘉锡到北京办事，中科院党组书记李昌找卢嘉锡谈话，提出要他担任中国科学院的院

卢嘉锡视察实验室

诺贝尔化学奖获得者R. Hoffmann来华演讲后与中国科学院卢嘉锡院长、福州大学黄金陵校长等合影（1982年7月，北京科学会堂前）。

长。面对如此重任，卢嘉锡犹豫了，他表示：自己一直工作在结构化学领域里，当中科院化学部的代主任还行，要当中国科学院的院长，是不能胜任的。

卢嘉锡感谢中央对他的信任，但还是认为自己不能胜任院长一职。于是他密密麻麻地写了两张纸的辞谢信交给了方毅。方毅看了这封信后，马上找卢嘉锡谈话。方毅和卢嘉锡早在少年时代就是小伙伴儿。后来一个参加了革命，一个则继续念书。二人一见面，自然是十分亲切。方毅一见面就说：“你成了大科学家了。”卢嘉锡则笑着说：“你当了大官了。”接着，方毅对卢嘉锡进行说服工作，谈了很多最切近实际问题的实话，使卢嘉锡十分信服，也有了信心。最终，卢嘉锡被方毅说服了，同意担任中国科学院院长。

1981年5月，中国科学院第四次学部委员大会在北京召开，卢嘉锡在会上当选为中国科学院院长。在充分体会到光荣感和责任感的同时，卢嘉锡更多的体会是紧迫感，他加快了工作步伐。

卢嘉锡担任了五年半的院长，在中国科学院主持进行了一系列重大改革。他推动科学院从行政领导为主向学术领导为主过渡，实行所长负责制；对科研工作实行分类管理，同时多方开展横向合作；创立了开

吴新涛院士（左一）与卢嘉锡（右一）在一起

在贵州农村与村民交谈

放研究实验室制度……

当时，科研工作如何更好地为国民经济和国防建设服务，也是中国科学院一班人面对的重要问题。卢嘉锡提出，科技工作不能坐等“依靠”，而要主动“面向”，积极“投身”，即科技工作要投身到经济建设的实践中来。他组织对国家建设中的重大问题进行科技攻关，组织科技人员到生产实践中找课题……

1982年，中国第一个用于资助全国自然科学方面的基础研究和应用科学基金——中国科学院科学基金诞生，卢嘉锡出任首届主任。不久，经中央批准，卢嘉锡兼任中科院党组书记职务。同年他还担任了中国化学会理事长。

身居高位不失本色

1988年，时任农工民主党中央副主席的卢嘉锡当选为第七届全国政协副主席，以后又先后当选为第八届全国人大常委会副委员长、第九届全国政协副主席。卢嘉锡深知，进入国家领导人的行列，这不是他所热衷的目标，但却体现了党和人民对他的信任。

虽说担任了领导人，但卢嘉锡却始终把自己当作科技战线上的普通一兵。国家民政部从1991年进行社团登记，欧美同学会的基金会在重新登记时遇到问题，一直到1994年11月还解决不了。卢嘉锡决定亲自去找民政部商谈。有人觉得身为副委员长，请民政部的同志来谈就行了，卢嘉锡却说："我不

1989年2月，卢嘉锡（中）考察黄骅港址。

卢嘉锡（左三）在院士大会上

是以副委员长的身份去，而是以欧美同学会一员的身份去的。基金会归民政部管，我是会长当然应该主动去找人家才对嘛！”

消息传到了多吉才让部长那里，部长正准备去拜访卢嘉锡，不想卢嘉锡已顶着寒风来到了民政部：“我是代表欧美同学会7000多会员来反映问题的，基金会关系到同学会的生存与发展，希望民政部妥善解决。”不久阎明复副部长受民政部的委托负责此事，经过一番调查之后，问题得到初步解决。

作为国家领导人，卢嘉锡仍不失科学家的本色。担任中国科学院院长之前，卢嘉锡就已经在物理化学、结构化学的研究方面站在了世界化学研究的前列。他提出的分子结构定理和理论分析，得到中外学者的重视。担任院长之后，他没有放弃科学研究，仍然研究化学最前沿的学术。他还带学生，主持国家重点课题，与一些重要学者合作攻关。但是，担任中国科学院院长的他，更多的是把精力投放到指导全国科学研究之上。担任中国国家领导人后，他考虑的问题已经是如何使中国在科学技术方面急起直追，迎头赶上世界先进国家的问题了。在这方面，他也具有战略眼光。在1991年的政协七届四次会议上，他代表农工民主党第一个发言，题目是《大力发展科技和教育，为实现第二步战略目标而奋斗》，其中第一个小标题就是“树立科技兴国”的意识。

卢嘉锡于1994年6月23日在岳阳视察

卢嘉锡先生寄语化学系85届本科毕业生

希望你们在完成学习化学的第一阶段之后，努力学习和工作，为面向经济建设和面向四化，面向世界，面向未来做出你们应该能够作出的贡献。

卢嘉锡
1985年元月

卢嘉锡先生于化学楼奠基典礼
（1985年）

他强调“兴国先育才的战略”和“兴国大计教育为本”，必须把教育放在优先发展的战略地位。卢嘉锡的发言博得全场4次热烈的掌声。

担任国家领导人的卢嘉锡，在工作方法上也体现出科学家的风格。他参与国家重要问题的研究，参与制定重要决策，解决重大问题，总是进行缜密思考，反复研究各方面情况，对一些重要数据进行反复核对，对一些事实进行分析，之后，进行细致论证，提出的方案也逻辑严谨，充满辩证法。

卢嘉锡从心里一直把自己看作一个普通科学工作者。他从没有把自己看作一个官，没有任何官架子，也从不搞任何特殊，对自己，对子女，要求都特别严格。他担任国家领导人，就是坚持一条：以一个真正科学家的科学精神要求自己。这从他专为自己题写的一幅座右铭中可以看出来。这个座右铭是：

“吾日三省吾身：为四化大局谋而不忠乎？与国内外同行交流学术而乏创新乎？奖掖后进不落实乎？”

这个座右铭，体现了一个担任了国家领导职务的科学家胸怀祖国、放眼世界的境界，也体现出科学家身上固有的一种科学精神。

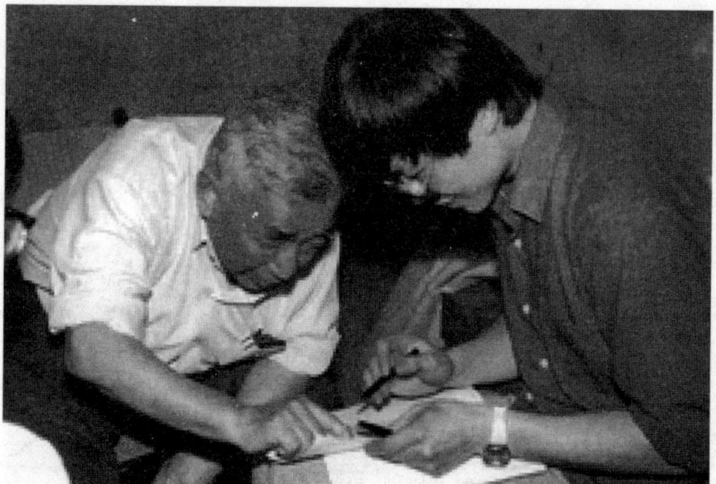

指导博士后（20世纪80年代中期）

为真理仗义执言

真理是客观的，是世界上最权威的东西。科学研究则是一个探寻真理的过程。由于人们主观方面的差异，可能产生不同的认识和理解，这在探寻真理的过程中不足为怪，但最后都必须经过实验的检验，都必须服从真理。在真理面前，卢嘉锡从不唯唯诺诺，绝不随波逐流，面对伪科学，他就要仗义执言，维护真理。

有关“共振论”

卢嘉锡在20世纪三四十年代留学美国时，他的导师鲍林提出了一种分子结构理论，对于有些不能用经典价键结构式表示的分子结构，在计算其分子能量时，他假定了一些结构式，从而认为：有些分子的真正结构是两个或两个

卢嘉锡（中）与唐敖庆（左）、蔡启瑞（右）教授在一起

以上的经典价键结构式共振的结果。这种理论在化学界被称为共振论，在解释分子结构及其反应历程中，曾经起了积极的作用。

从20世纪40年代末至50年代初，苏联化学界不断发表文章，对共振论发起了一场大规模的围攻，苏联科学院专门召开了全苏化学结构理论讨论会，对之大加挞伐，把共振论斥之为马赫主义和机械主义，禁

厦门五中校园里的卢嘉锡铜像

止出版有关共振论的书籍，把本来属于自然科学学术讨论的问题，与意识形态混为一谈，扣上政治的或哲学的大帽子，像搞政治运动一样，颇有当时流行的“冷战”气味。这种不适当的做法也波及到我国，国内化学界也有人把共振论当作有机化学的唯心论加以批评。卢嘉锡对这种采用行政手段粗暴干涉自然科学研究的不同学派的做法不以为然。经过深思熟虑，他在1961年《福州大学学报》上发表了题为《略谈有关共振论的一些问题》的文章。那时，正是“左”倾思潮盛行的时候，对于敏感问题，一般人即使有不同意见，也多回避，保持缄默。但卢嘉锡认为在科学问题上应态度鲜明。他运用自己丰富的结构化学知识，精辟地论述了共振论在由经典结构理论向现代结构理论转变的历史背景，辩证地指出共振论是一种科学理论，它“把化学结构理论在古典理论的基础上推进了一大步”，同时也存在着缺点和局限性；他希望我国结构化学工作者“加强化学合成、化学热力学、化学动力学以及结构化学的实验研究”，在前人工作的基础上继续发展化学结构理论。他的文章立论扎实，论述严密，为共振论讨回了公道。他在文章中提出的关于结构化学的许多见解，已被后来福建物质结构研究所的丰硕成果所证明，也被美国化学家伍德奥德（Woodward）和霍夫曼（Hofman）提出的分子轨道对称守衡原理所证明。

有关“邱氏鼠药案”

邱氏，指河北省无极县农民邱满囤。他研制的灭鼠剂据说效用神奇，于是他开办了“邱氏灭鼠厂”，自任厂长。为使他的灭鼠药进入工业化生产，具有权威性，他于1989年聘请中国预防医学科学院流行病学微生物学研究所副所长、著名鼠防专家汪诚信为顾问，汪表示愿热情支持。1990年7月，邱氏鼠药厂正式投产，产品畅销全国，邱满囤也被新闻媒体“炒”得红极一时，人称“灭鼠大王”。

但“邱氏灭鼠药”究竟有些什么成分？连作为顾

与唐敖庆（右一）、吴征铠（右二）、徐光宪（左一）教授合影。

问的汪诚信也搞不清楚。邱满囤只是想利用汪诚信的鼠防专家名声，来为自己的产品做广告，而对鼠药配方却只字不漏。汪诚信感到有些蹊跷，便引起了注意。不久，发生了因使用邱氏灭鼠药而有人畜中毒的事件，汪诚信开始怀疑配方中使用了国家严令禁用的剧毒氟乙酰胺。于是，他与邓址、赵桂芝、马勇、刘学彦四位鼠防专家一起设法收集了11个邱氏鼠药样品，送到军事医学院微生物流行病研究所做定性分析，果然证实了汪诚信的判断。五位科学家认为事关重大，出于职业道德和责任感，于4月初通过《健康报》记者，揭露邱氏鼠药已引发多起人畜误食中毒事件，呼吁新闻媒体要科学宣传灭鼠；随后，他们又向中央和省市主要新闻单位发出了同样的呼吁书，希望避免中毒事件继续发生。他们的呼吁受到重视，许多地方政府禁用邱氏鼠药。

五位鼠防专家的行动本来是维护科学尊严、保护群众利益的正确行为，但1992年8月，邱满囤却来到北京市海淀区法院，状告汪诚信等五位专家侵害个人名誉权。一场官司打了一年又四个月，闹得沸沸扬扬，由于邱满囤名声很大，颇有势头，海淀区法院于1993年12月29日宣判：五位鼠防专家败诉！

这一审判结果震动了中国科学界：法律本应该保

护五位专家的正义行动，而现在法律受到了蒙蔽，却保护了伪劣科技成果及其制造者。一定要把这种颠倒再颠倒过来！

卢嘉锡这时虽已担任全国人大常委会副委员长，但他首先是一位科学家，他和所有的科学家有着同样的感情，同样的义务，同样的良心。他认为：维护科学尊严，也就是维护人民利益，这是科学工作者义不容辞的责任，是人类社会进步的标志，而制造伪劣科学成果的行为如不禁止，将对国民经济和人民生活弊害无穷，面对错误的判决，决不能荣口不言，这同样也是维护法律的公正和尊严！

他决定挺身而出。

1994年5月20日，卢嘉锡和张光斗、王大兴等14位中国科学院院士，联合在《中国科学报》发出呼吁：五位科学技术专家败诉的一审判决，引起了科技界广泛的关注。它不仅严重地伤害了科学技术专家捍卫科学真理、明辨科学是非而仗义执言的热情，而且向人民提出了一个严肃的问题：科学技术的真伪与是非谁来评判？他们认为：对伪劣科技成果必须揭露，必要时应提出诉讼，绳之以法；涉及科技的诉讼，应听取专家的意见；在审理过程中，建议请有关专家担任陪审员或组成陪审团；重大案件可请中国科学院、中国

卢嘉锡题词

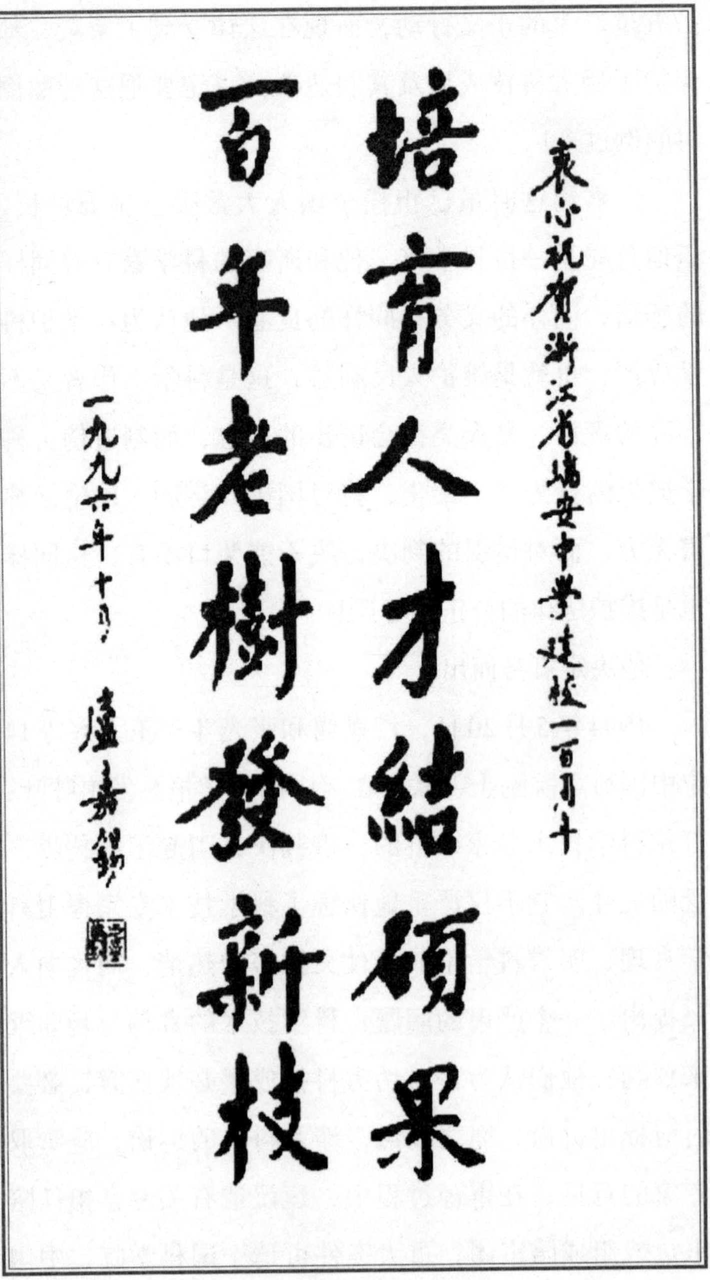

衷心祝賀浙江省瑞安中學建校一百周年

培育人才結碩果
百年老樹發新枝

一九九六年十月
盧嘉錫

工程院提供咨询，在科技事实上，为法官提供判断的依据，以确保科技方面诉讼审判的公正。随后，卢嘉锡在接受《中国科技报》记者的采访中，又重申了上述呼吁。

由于卢嘉锡等一大批科学家及广大科技工作者义正词严的呼吁，给一审被判败诉的五位鼠防专家以极大的鼓励和自信，他们提出充分的事实和理由，上诉于北京市中级人们法院，要求重新审理，又经过约一年的时间，于1995年2月22日作出最终判决，认为五位科学家的行动是正确的，应支持和肯定；原判不当，应予纠正。轰动一时的“邱氏鼠药案”，终于以五位专家的胜诉而告终。

事后，卢嘉锡在谈到对这一案件的感想时，语重

卢嘉锡在全国政协大会上发言

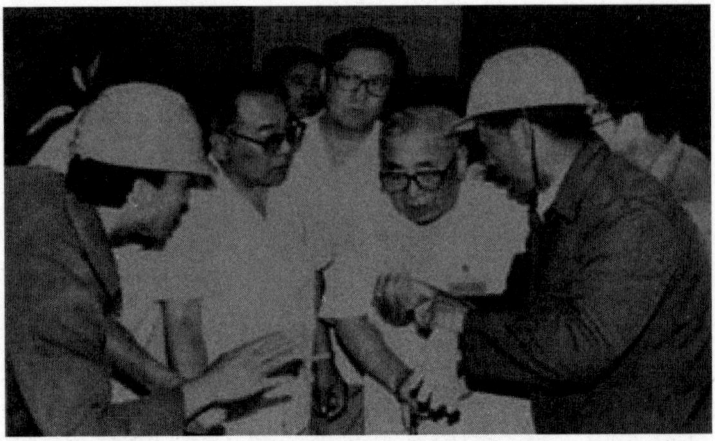

卢嘉锡在包头地区考察

心长地说：维护科学的尊严是人类科技史上的一个古老话题，今天的科技成果就是无数科学家在与封建、迷信、伪科学的不懈斗争中得来的。每一位科技工作者在这种斗争中，都应以对国家、对人民的高度责任感，不怕挫折，不怕打击，相信真理一定会战胜错误。

卢嘉锡的仗义执言，还表现在许多方面，许多场合，这是和他心直口快、豪爽不拘的性格相关联的。他有时充分说理，科学论证；有时义愤填膺，大声疾呼；有时却又含幽默，诙谐苦涩。

他长期从事科研工作，深知科技工作者的酸甜苦辣。他曾说过：中国的知识分子才真叫“价廉物美，经久耐用”，这种带着苦涩味的赞扬，其实也是在为中国知识分子“仗义执言”。

学者本色

从1987年起，十多年间，卢嘉锡一直活跃在中国最高政治舞台上，被列入国家领导人的行列，在许多重要活动中，他都坐在主席台上，处于显赫地位。在一般人看来，那是高高在上的，是权贵和威严的。但对卢嘉锡来说，那不过是例行公事，“身不由己”。除了在那种场合他不得不坐在被指定的位置上以外，在日常生活和交往中，他还是和以前一样平易，随和，没有一点“官”气，没有一点居高临下的架势，“我行我素”，不改学者本色和平民作风。

（左起）徐光宪、卢嘉锡、唐敖庆。1994年在天津参加会议时，三位院士在一起探讨学术问题。

卢嘉锡（右二）参加“当代青年求知成才座谈会”后与到会各界人士交谈

他在给友人的一封信中，引诸葛亮《前出师表》的一句话：“臣本布衣，躬耕南阳”，用以自喻，表明他从来就没有忘记自己来自老百姓，仍然是老百姓。他的“官”念非常淡薄，别人对他以“官”职相称，叫什么“主席”什么“长”的，他总是听不习惯，甚至厌恶。每每碰到这种情况，他总是提醒对方，不要这么称呼，“如果不好意思直呼其名那就叫“卢老”好了，谁叫我比你们年龄大呢!”因此，厦门大学、福州大学和物质结构研究所的熟人，一直称他为“卢先生”“卢老师”。中国农工民主党、全国政协、全国人大的同事们则多称他“卢老”。这两种不带官衔、没有级别的称呼，他觉得顺耳。他幽默地说：老师、教授、研究员，是我的“正业”和“终身职务”，官职不过是“差事”罢了，我不能放弃正业。

对于社会上的荣誉头衔，他也同样淡漠，甚至为自己头上的“帽子”太多而烦恼。有一次，他和复旦大学苏步青教授闲谈，他开玩笑说：要问我头上的帽子有多少，那就得借用您的大名——“数不清！”又有一次，他坐车路过鼓楼附近的帽儿胡同，马上联想到自己头上的“帽子”，诙谐地说：“帽儿胡同搞不搞帽子交易，我倒想卖掉一些。”

他外出时也不喜欢前呼后拥，警卫森严，“招摇过

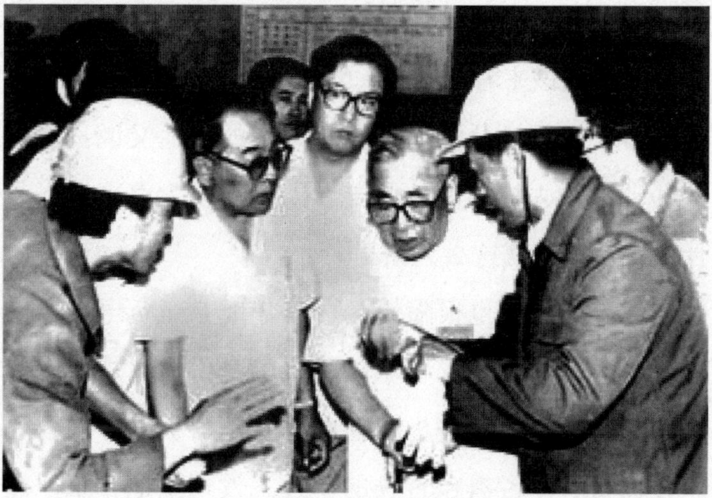

1993年，卢嘉锡在包头稀土企业集团了解稀土综合利用情况。

1993年卢嘉锡考察内蒙古大学

市"，"骚扰"百姓。有一次他到广东去接待一行海外客人，顺便到中国科学院广州分院看看，因为他是国家领导人，公安机关派了警车开道。他一下车就打趣地说：早就该来看望你们，没有来，这次是来请罪的。你们看，我是被公安局"押解"来的，他又说：这样兴师动众地去接待海外朋友，人家还以为卢嘉锡当了什么大官呢，摆这么大谱！

他外出坐车也很随便。1984年北京正负电子对撞机奠基时，他以中国科学院院长的身份去主持奠基仪式，因为他坐了一辆极普通的车，不够级别，被警卫拦在场外，幸亏有位首长的车过来发现了他，跟他热情地打招呼，警卫才放他"过关"，但他并不接受"教训"，以后仍常常这样坐车。

他常对身边的亲人们说："我们跟人民不能距离太远!"他说这话是认真的，动情的，是有感而发。他来自一个清贫而有教养的家庭，始终在清贫的知识分子圈子里厮混，自己也在清苦中度过了大半生，他了解这些普通百姓是怎么过活的，他和他们息息相通。因此，他对于"官场"中那些在俗世看来是高贵的森严的排场和派头，总保持着距离；而对于普通百姓崇尚节俭的习性，他却视为美德而身体力行。谁能想象，像他这么一个"大官"，却常为公共厕所关水龙头，为无需照明的走廊或会议室关电灯。有一回在火车上与随行人员聊天，谈到这些琐事，他说：这些习惯都是从小养成的，自来水白白流掉，电灯白白亮着，多可惜啊！参加工作后，不知怎么搞的，从厦门大学开始，我的办公室总是与厕所相近，晚上一听到流水哗哗的声音我就去关掉。在家里，我也是这样告诫孩子的。

他很尊重别人，无论对同事，对下级，对学生，对孩子，都一样和蔼可亲，从不训斥人。路上与人相遇，即使是清洁工，他也要寒暄几句，或关切地问问对方怎么样，交谈几句。当下属或学生做完一件事向他汇报时，他都要道声“谢谢”。对于来访者和求教者，他都热情接待，尽力帮助，临走时礼貌地送到门外。有一次，河南某出版社社长周长林按预约时间下午3点到他家商谈一件事，他正和老朋友、清华大学原副校长、著名科学家张维谈话，看见素不相识的周长林来了，他马上起身相迎，转身对张维说：“对不起，这位客人是有预约的，你是‘计划外’的，你只好改日再谈了。”这表现出他对陌生客人的尊敬，也表现出科学家的准时与守信。

作为学者，卢嘉锡可谓博采中西，熔于一炉。他从小就受中国传统文化的熏陶，打下了深厚的汉学基础；他又留学、游历欧美，汲取西方科学文化的精髓。他的立身、行事、著述是浓郁的民族气息和严密的科学精神的完美结合。

在卢嘉锡的一生中，他每天都念念不忘三件事——爱国报国、科学创新和教书育人。

这是卢老一生的写照。

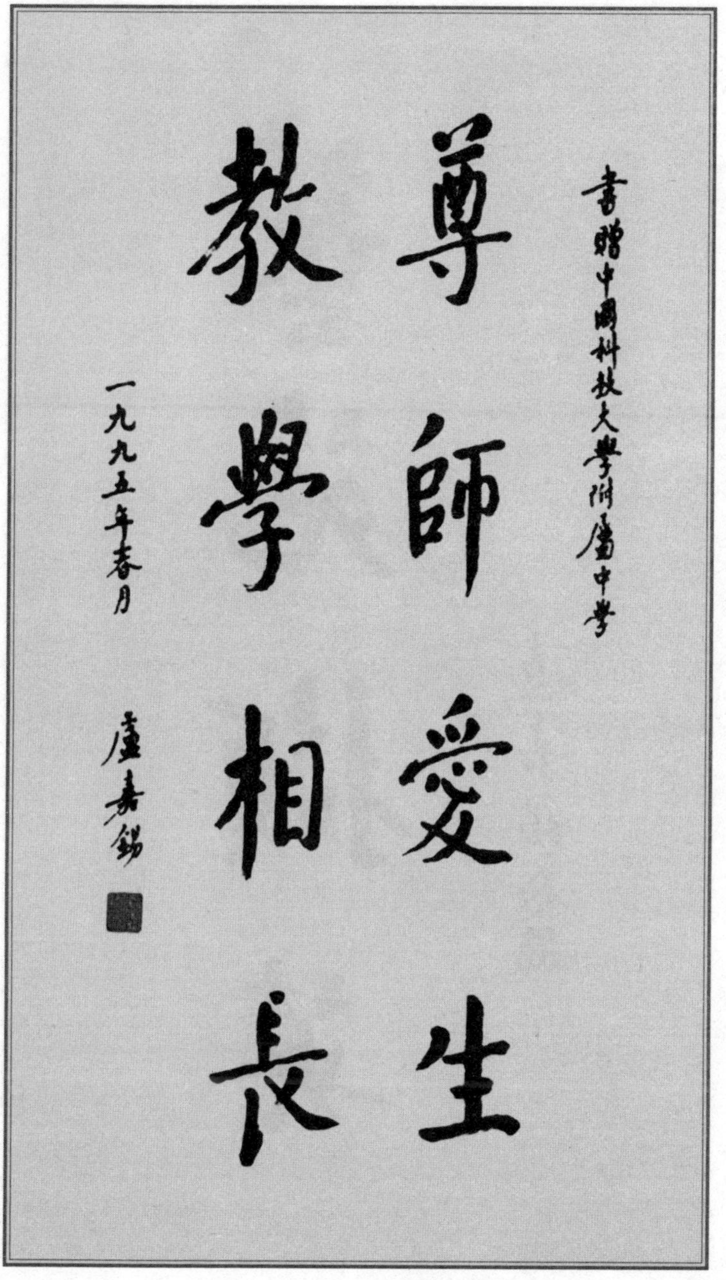
書贈中國科技大學附屬中學
尊師愛生
教學相長
一九九五年春月
盧嘉錫

藝苑擷英

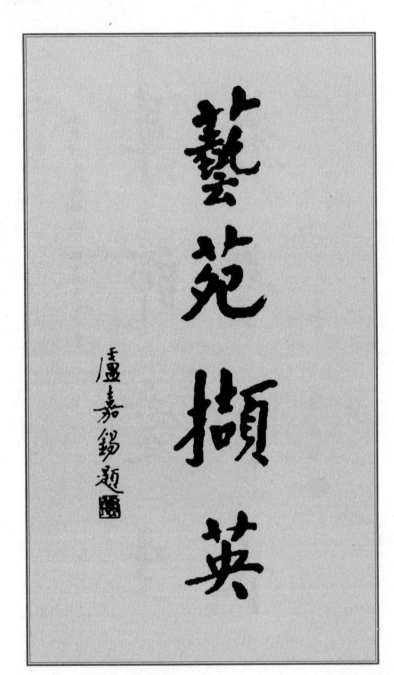

盧嘉錫題

学术贡献

对中国结构化学的杰出贡献

结构化学是物理化学的一个重要分支，早在国际上尚处于起步时期的20世纪30年代末，卢嘉锡就敏锐地意识到：物理化学的第一发展阶段即热力学阶段已臻完善，可能成为第二发展阶段的将是结构化学，他选择了这个学科作为研究的主要方向。

在加州理工学院，他参加过过氧化氢分子结构的研究。当时，物质的分子表征通常是以获得合格单晶为前提的，但因很难得到过氧化氢的单晶，以致测定

卢嘉锡与吴大猷教授促膝交谈

1997年秋与从加拿大回国探亲的早年厦门大学学生卢传曾（后中）、刘藻琴（后右）合影。后左是另一早年学生、原地质大学教授张永巽。

这种简单化合物的分子结构成为当时的难题之一。卢嘉锡和盖古勒（Giguere）巧妙地用尿素过氧化氢加合物，培养出这种加合物的单晶。有趣的是，在这种单晶中，过氧化氢分子并不因为尿素分子的存在而发生构型上的畸变。接着，他和休斯（Hughes）合作完成了晶体结构测定，证实了彭尼（Penny）和萨塞兰（Sutherland）对过氧化氢分子结构所做的理论分析。

1943年，他与多诺休（Donohue）采用电子衍射法研究了硫氮（S_4N_4）、砷硫（As_4S_4）等化合物的结构，并定出被他们称为“摇篮”形的八元环构型，这一研究结果后来为多诺休所进行的晶体结构测定所证实。这些硫氮非过渡元素原子簇化合物在结构上具有的“多中心键”特征，曾引起卢嘉锡极大的兴趣，和他以后对固氮酶活性中心模型的研究有密切的关系。

在结构分析方法上，他提出过一种处理等倾角魏森堡衍射点的极化因子和洛伦兹因子的图解法，成为当时国际上普遍采用的一种较简便的方法，曾被收入《国际晶体学数学用表》（第二版）。

回国以后，卢嘉锡一心想在国内开辟结构化学研究，在当时的条件下，这一宏愿根本无法实现。于是卢嘉锡寄希望于教育事业，以培养人才为己任。在教学工作中，他是一位才华横溢而又勤奋严谨的人。他学识渊博且善于表达，讲起课来生动活泼，见解独到，板书格外工整清晰，课堂常常座无虚席，成为厦门大学最受欢迎的教授之一。1947年春，当他在浙江大学完成第一次讲学任务即将离去之际，该校一百多名师生曾联名写了封充满激情的挽留信。新中国成立初期，他曾接受高等教育部的聘请，与唐敖庆等先后到山东大学（当时设在青岛）和北京大学（同行的还有吴征铠、徐光宪）讲授物质结构课程，培养了一大批结构化学的师资。

卢嘉锡在教学过程中，注重培养学生的思考能

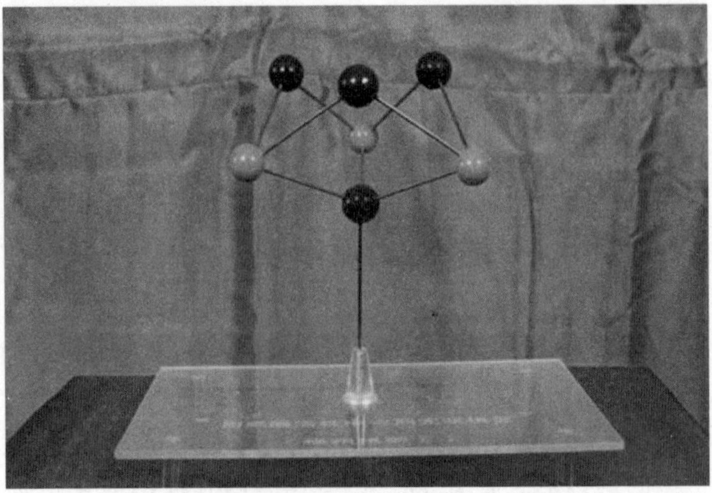

1973年，卢嘉锡提出了固氮酶活性中心的“原子簇”模型——“福州模型”。图为福州模型Ⅰ。

力和解决实际问题的能力。他虽然是一位数学功底很深的化学教授，却经常告诫学生，要学会对事物进行“毛估”，他说：“毛估比不估好。”思考问题时要学会先大致估计出结果的数量级，尽量避开烦琐的计算，以便迅速地抓住问题的本质，必要时再仔细计算，这样可以提高解决问题的效率。为了培养具有全面素质的人才，他让学生记住一个奇特而有趣的结构式——C3H3，即 Clear Head（清楚的头脑）、Clever Hands（灵巧的双手）、Clean Habit（洁净的习惯）。他常说：“一个老师如果不能培养出几个超过自己的学生，他就不是位好老师。”在他一生的教学生涯中，他培养出了如田昭武、张乾二、梁敬魁、黄金陵、黄锦顺、吴新涛、潘克桢、陈创天等许多专家。蛋白质结晶学家、美国加州理工学院研究员朱沅女士（已病逝）的成长也曾受到卢嘉锡的指导和关怀。

20世纪60年代初期，卢嘉锡在创办福建物质结构研究所的同时，组织和领导过渡金属络合物和一些簇合物、硫氮系原子簇化合物以及新技术晶体、材料等方面的研究，并取得了一些可喜成果。

20世纪70年代以后，他组织和参加我国化学模拟生物固氮研究并取得重要成果，继1973年在固氮酶活性中心结构的研究上提出福州模型Ⅰ并获得中国科学院1978年科技成果一等奖之后，经过深入研究，1978年他又提出了福州模型Ⅱ，有关论文发表在美国巴尔的摩大学帕克出版社出版的论文集《固氮》（Nitrogen Fixation，VoⅠ，1）上，把“化学模拟生态固氮”这一重大课题的研究又向前推进了一步。这年盛夏，他率领中国固氮代表团出席了在美国威斯康辛大学举行的第三届国际固氮学术讨论会，在会上发表了《新中国固氮研究概况》的综合学术报告。他丰富而精湛的发言，纯熟而地道的英语，泰然而自信的神采，征服了听众，激起一阵阵热烈的掌声。他一走

卢嘉锡和张乾二在交流

下台，立即被参加会议的各国专家包围，向他祝贺，向他问这问那，对中国化学家在这一领域的领先成就感到惊异。

卢嘉锡以这项重大研究工作为契机发展我国原子簇化学。1978年，基于他对国际上化学前沿领域发展的敏锐洞察力，同时也由于从事化学模拟生物固氮研究所取得的成果和经验以及早期在硫氮原子簇化合物方面的科研实践，他在国内最早倡导开展过渡金属原子簇化合物研究，并抓住这一方向进行了深入系统的工作。此后，在他的带头、组织和指导下，物质结构研究所在过渡金属原子簇化合物研究上，取得了丰硕成果，合成了几百种各类原子簇化合物，并在此基础上总结和发现了两个重要规律，即“活性元件组装”和“类芳香性”，受到美、英、日、德、法、苏等几十个国家同行专家的重视，对国际原子簇化学的发展产生了深远影响。这一成果，也获得了中国科学院自然科学一等奖（1992年）和中国自然科学二等奖（1994年）。

此外，在卢嘉锡指导下的福建物质结构研究所，与中国科学院生物物理研究所和上海有机化学研究所合作，完成了天花粉蛋白空间结构测定，建立了国际上第一个核糖共活蛋白的分子模型。这一研究，获得1987年国家自然科学一等奖和中国科学院科技进步一等奖。

长期以来，卢嘉锡在领导福建物质结构研究所和发展我国结构化学的实践中，逐渐形成了独特而系统的科研指导思想，这就是“五重双结合”：实验与理论相结合（以实验为主），化学与物理相结合（以化学为主），结构与性能相结合（以结构为主），静态与动态相结合（以静态为主），基础与应用相结合（以基础为主）；“四个一些”：看远一些，走前一些，搞深一些，想宽一些；“三个立足”：立足改革，立足竞争，立足创新。这些指导思想在推动福建物质结构研究所科研工作的迅速发展和形成自家特色方面发挥了重要作用。

原子簇化学研究领域学术成就

开拓中国原子簇化学研究领域是卢嘉锡一生中取得的最为突出的学术成就之一。

原子簇化学特别是过渡金属原子簇化合物是20世纪70年代以来国际上十分活跃的一个领域，人们从对固氮酶的研究中比较一致地认识到其固氮活性中心很可能是由Mo、Fe、S三种原子组成的原子簇，从而对原子簇化合物及其可能存在的生物活性更感兴趣。同时，这类新型化合物中存在着同核或异核的金属—金属之间的相互作用，从而具有应用于催化过程的前景。此外，对这类含有金属—金属键化合物的研究，有可能加深人们对化学键本质的认识。1978年12月，他在福州主持召开的全国第二次结构化学学术会议上，发表了《原子簇化合物的结构化学》的专题研究报告，对国内这个领域的研究起了推动作用。他在化学模拟生物固氮和过渡金属原子簇化合物研究方面所取得的主要成

卢嘉锡在合成实验室里和青年科研人员一起进行固氮模型物合成研究

就如下。

1.提出固氮酶活性中心的结构模型

化学模拟生物固氮是20世纪60年代以后迅速发展起来的前沿课题，固氮酶活性中心的结构探秘和化学模拟是一项异常复杂而艰巨的工作，它的最后成功很可能促使生命科学取得重大突破，因而各国化学家一直在进行着不懈的努力。

卢嘉锡从结构化学角度出发，分析了双氮分子的异常惰性，以及加强氮分子络合活化的结构问题，提出了络合活化氮分子的必要条件为：

（1）侧基加端基络合；

（2）多核原子簇；

（3）具有可变交替氧化态；

（4）有一个合适的空间结构。

因而固氮酶活性中心结构必须是多核原子簇，而且有能实现端基加侧基络合的网兜状构型。在此基础上提出了固氮酶活

性中心结构的初步模型——福州模型Ⅰ，它是一种能实现投网式络合活化还原氮分子的钼铁硫$MoFe_3F_3$四核网兜状结构，以后又进一步演化出孪合双网兜福州模型Ⅱ。

卢嘉锡提出的模型所反映的结构特点，四年后得到顺磁、穆斯鲍尔谱和超精细表面结构分析法对固氮酶钼铁蛋白和铁钼辅基进行研究所得结果的支持。该模型被国际同行在论文中多次引用，并以“M_2S_2”的局部结构形式出现在后来其他科学家提出的模型之中。

2.关于“活性元件组装”设想

自从1858年陆森（Roussin）合成出第一个过渡金属簇合物陆森黑盐K［Fe_4S_3（NO）$_7$］以来，过渡金属原子簇化学已积累了不少有趣的实验材料，但一直无法正确地理解陆森黑盐的生成机理，因而过渡金属原子簇合物的合成在很大程度上仍无规律可循，基本上处于摸索试探阶段。

卢嘉锡在总结钼铁硫簇合物合成反应的大量实验事实时，发现类立芳烷型簇合物在其“自兜”反应的生成过程中经常留下反应物基本单元的结构“遗迹”可供“寻根”，因而提出：复杂的原子簇化合物可由较简单的原子簇“元件”通过活化成为“活化元件”而组装起来。根据这种“活性元件组装”的设想，可以解释从陆森红盐阴离子［Fe_2S_2（NO）$_4$］$^{2-}$，二聚缩合生成陆森黑盐阴离子［Fe_4S3（NO）$_7$］$^{-}$；从二铁氧还蛋白类似物阴离子［Fe_2S_2（SR）］的二聚缩合物生成四铁氧还蛋白类似物阴离子［Fe_4S_4（SR）］的组装途径。在这一理论设想的启发和指导下，物质结构研究所合成出了许多新型类立芳烷型的簇合物。

对于具有二中心双电子定域键的簇合物的合成与结构研究，为预测和判断具体类型簇合物的生成，元件组装设想吸收和应用霍夫曼等瓣相似原理，并把它推广到满足9N—L的金属簇合物和符合4n—e的碳烷等瓣相似，这样可以把有机碳烷与簇合物从霍夫曼结构上等瓣相似的角度联系起来，从中寻找它们在合成和结构中的相似性，也就是把复杂的簇合物分子碎片和已知的可能较简单的有机碎片联系起来，从而有意识、有目的地寻找有特定结构的簇合物碎片的合成途径。

3.关于“类芳香性”本质的研究

1986年，在物质结构研究所从事钼簇合物结构化学研究的兼职研究人员黄健全，通过类比了某些［Mo_3S_4］$^{4+}$簇合物和苯在置换、加成、氧化三类反应形式上的相似性，提出了“类苯芳香性”的概念。卢嘉锡认为这是一个有希望的苗头，即组织研究力量，通

由于在原子簇化学方面的突出贡献，卢嘉锡等人获得了1991年度中国科学院自然科学奖一等奖和1993年度国家自然科学奖二等奖。图为国家自然科学奖获奖证书。

过量子化学计算和实验研究，从理论上深化和完善了这一概念，并指出在［Mo_3S_4］$^{4+}$簇合物中的［Mo_3S_3］非平面折叠六元环具有类芳香性，从而把有机化学中最重要、最基本的传统概念之一——芳香性引申到过渡金属原子簇化学中来，在这之前，芳香性概念还只局限于苯和某些有机平面环状化合物。卢嘉锡等人把芳香性概念推广到［Mo_3S_4］$^{4+}$簇合物的［Mo_3S_3］非平面折叠六元环，从而把平面芳香性扩展到立体芳香性，同时揭示了［Mo_3S_4］$^{4+}$簇合物中［Mo_3S_3］非平面折叠簇环的（d—P—d）三中心键双电子π键共轭系的成键特性，建立了六元簇环芳香性和三中心键模型。

“类芳香性”本质的研究，从理性上系统地认识了某些过渡金属原子簇合物的特殊反应性能和物理性质，将有利于新型簇合物的合成进入分子设计的新阶段。

由于卢嘉锡在原子簇化学方面的突出贡献，他获得1991年中国科学院自然科学一等奖和1993年国家自然科学二等奖。

应用结构化学理论于新技术晶体材料科学研究

卢嘉锡是一位较早应用结构化学理论于新技术晶体材料探索的科学家，他应用了A.M.布特列罗夫（БутЛеров）结构理论的思想于非线性光学材料中构效

美国西北太平洋国家实验室高级研究科学家李隽回国探亲期间专程探望了当年的导师卢嘉锡

关系的研究，对阴离子基团理论的建立也提出了一系列有益的见解和建议，促进了一系列新型晶体材料的发现。

早在1861年，俄国著名化学家布特列罗夫就提出了物质的化学结构与具体性能相互影响、相互制约的科学预见，指出了一个物质的化学结构决定了它的全部性能；反过来，它的全部性能也一定能确定其化学结构。卢嘉锡认为：在近代发展出来的整系列测定物质各层次微观结构的物理方法的基础上，我们不仅能进一步把布氏理论推进到微观结构与宏观性能之间相互关系的新阶段，甚至能把它发展到某些部分微观结构与对这些部分结构的变化特别敏感的一些宏观性能之间相互关系的更新阶段。卢嘉锡正是在这方面发挥出他的创新性，他认为存在这样的可能性，那就是有可能选择那些对某部分结构特征特别敏感的某类型宏观性能作为材料科学的研究对象，从而发展出这类性能对材料中相应部分结构所要求的“结构判据”，乃至发展出材料科学的一个新分支。

自20世纪60年代以来，他在具体组织和指导新技术晶体材料探索中，十分重视发挥物质结构研究所结构化学基础研究的支撑与主导作用，同时注意培养理论研究人才。

1965年，卢嘉锡支持陈创天初步总结出来的非线性光学材料性能（特别是二倍频和高倍频性能、电光调制性能）是“结构敏感”性能的观点，并支持他选择非线性光学晶体的基团理论及其结构判据的理论研究课题。这项理论研究于1978年获得全国科学大会重大科技成果奖。研究的中心议题是哪一种阴离子基团最有利产生大的倍频效应。通过多方面的实验探索和理论分析，物质结构研究所较快地确定了硼酸盐系的（B_3O_6）$^{3-}$基团这一主攻方向，并先后于1984年和1987年发现和研制成功偏硼酸钡（简称BBO）和三硼酸锂

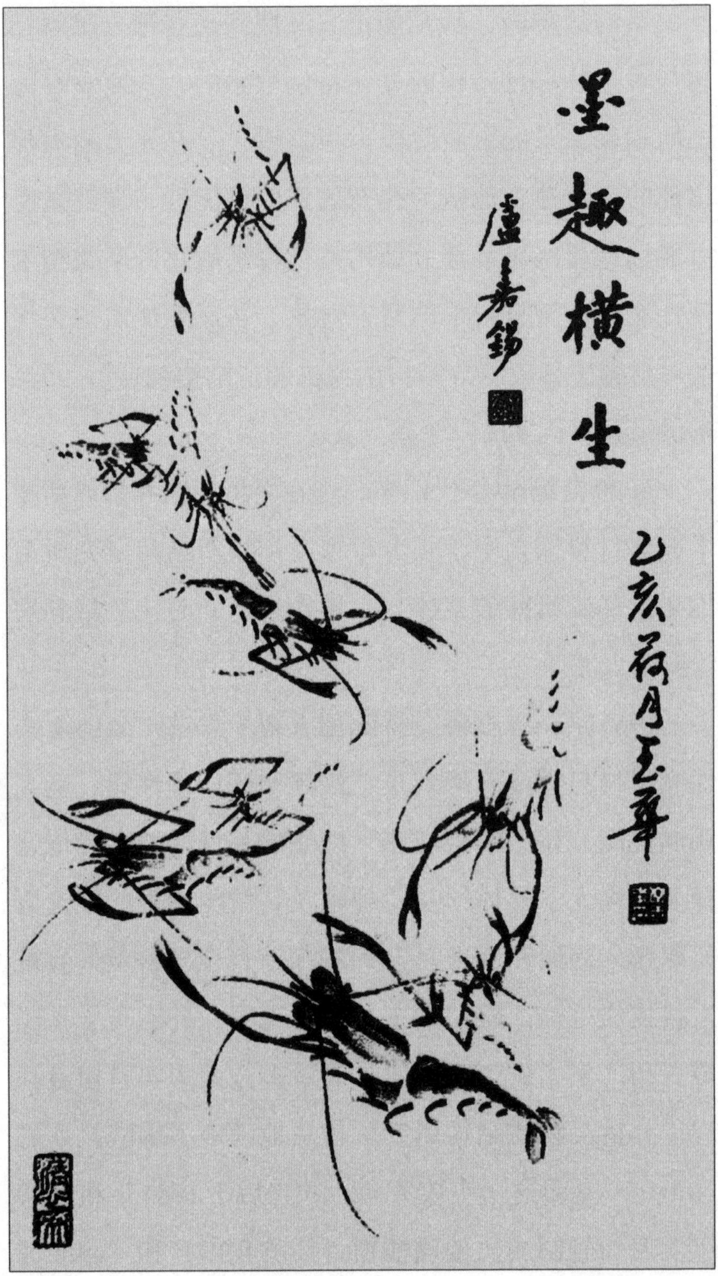
墨趣横生
盧嘉錫
乙亥荷月玉華

（简称LBO）等新型非线性光学晶体材料。此外，在卢嘉锡倡导的“五重双结合”和“结构敏感”观点指导下，该所研制成功了几个系列的新型晶体材料，其中包括研制出国际上公认为生长“极其困难”的大尺寸自激活激光晶体硼酸钕铝（简称NAB）和在绿光输出方面领先国际的自倍频激光晶体四硼酸铝钇钕（简称NYAB）。

美国非线性光学晶体材料科学界在比较了“新中国发现BBO晶体的研究小组和美国的研究情况”之后，一些权威专家曾“为非线性光学材料研究方面的大部分新思想不是发源于美国”而感到担忧。

诺贝尔化学奖获得者李远哲、印度科学院院长拉奥（Rao）、美国晶体生长协会主席费杰尔逊（Feigelson）和美国加州大学教授沈元穰等在参观物质结构研究所之后，十分赞赏卢嘉锡为该所制定的科研方向和学术指导思想。

主要论著

1. C. S. Lu and S. Sugden. Chemical Methods of Concentrating Radioacive Halogens. J. Chem. Soc., 1939, 1273—1279.

2. C.S.Lu, E.W.Hughes and P.A.Giguere. The Crystal Structure of the Urea—hydrogen Ocroxide Addition Compound CO(NH2)H2O2 .J.Am.Chem.Soc.,1941, 63(8): 1507—1513.

3. C. S. Lu. Reciprocal Lorentz—polarization Factor charts for Equi—incli—nation Weissenberg Photo graphs. Rev.Sci. Instr.1943, 14(22):331—335.

4. C.S.Lu and J.A.Donohue. An Electron Diffraction Investigation of Sulfur Nitride ,Arsenic Disulfide(Reaalgar), Arsenic Trisulfide(Orpi—ment)and Sulfur. J. Am. Chem. Soc.,1944, 66(5):818—827.

5. J. Waser and C. S. Lu. The Crystal Structure of Biphenylene. J.Am.Chem. Soc.,1944, 66(12):2035—2042.

6. 卢嘉锡，潘克祯，杨文火，等. S_4N_3Cl的晶体结构〔J〕. 福州大学学报，1964，（1）：55—67.

7. 中国科学院福建物质结构研究所固氮小组（卢嘉锡执笔）. 固氮酶催化固氮活性中心的初步模型——兼

论双氮分子络合活化的结构条件〔J〕. 科学通报，1975，20（12）：540—557.

8. J. X. Lu. Mixed Transition—Metal Cubane—like Clusters—Some Struc—tural considerations in Attempted Synthesis of New Imperfect Clusters. In: 《Fundamental Researchin Organometallic Chemistry》, First Chi—na—Japan—U.S.A. International Symposium on Organomentallic Chem—istry,Beijing,1980，97—115.

9. C.S.Lu. Composite "String—bag" Cluster Model for the Active Center of Nitrogenase. In: 《Nitrogen Fixation , Vol. I, Free—living Systems and Chemical Models》,Baltimore: University Park Press ,1980，343—371.

10. Lu Jiaxi. Evidence for the "String—bag" Structure as a Basic Structural Unit for the Active Center of Notrogenase and At tempted Synthesis of "String—bag" Mode 1 Compounds. In: 《Current Perspectives in Nitrogen Fixation》， Proceedings of the Fourth International Symposium on Nitrogen Fixation , Conbera, Australia , 1980，(12):50.

Lu Jiaxi, etal. Attempted Synthesis of "Series F" Mode 1 Compounds for the Active Center of Nitrogenase.

ibid:345.

11．卢嘉锡．原子簇化合物的结构化学〔A〕．中国化学会1978年年会学术报告集〔C〕．北京：科学出版社，1981，35—60．

12．曹怀贞，刘春万，卢嘉锡．二铁氧还盐和四铁氧还盐的电子结构〔J〕．化学学报，1986，44（12）：1197—1203．

13．黄健全，卢绍芳，卢嘉锡，等．Mo_3S_4［$S_2P(OCH_2CH_3)_2$］^{4}(OH_2)反应性能研究及［Mo_3(u—s)$_3$］“类芳香”结构的设想〔J〕．结构化学，1987，6（4）：219—233．

J.Q.Huang ,M.Y.Shang, J.X.Lu ,etal. Structure and Reactivity of Mo l ybdenum Cluster with Loose Coordination Site ,Mo_3S_4 ［S_2P（OCH_2CH_3）$_2$］^{4}（OH_2）. Pure and Appl.Chem.,1988 ,60(8):1185—1192.

14. Liu ChunWan ,Cao Huaizheng ,Lu Jiaxi ,etal. The Electronic Structures of Red Roussinate and Black Roussinate. Acta Chim.Sinica.,1987 ,45(1):1—14.

15. Liu Chunwan, Cao Huaizheng , Lu Jiaxi. Quantum—Chemical Study of the Me chanism of the “Spontaneous Self—Assembly” Reaction in the Formation of Black Roussinatr Monoanion. J. Mol. Struct.

(Theochem.) ,1989 ,52(1):1—16.

16. 卢嘉锡，庄伯涛．过渡金属类立方烷簇合物合成中的“活性元件组装”设想〔J〕．结构化学，1989，8（4）：233—248．

17. 卢嘉锡．初论某些［Mo_3S_4］$^{4+}$簇合物中［Mo_3S_3］非平面簇环的类芳香性本质〔J〕．结构化学，1989，8（5）：327—339．

18. 吴新涛，卢嘉锡．“元件组装”设想用于合理合成过渡金属原子簇时硫原子的作用〔J〕．结构化学，1989，8（5）：399—407．

19. 黄锦顺，王银桂，卢嘉锡，等．碎片法合成金属原子簇——Isolobal Analogy 的应用和推广〔J〕．化学学报，1990，48（4）：343—348．

20. Chen Zhida ,Li Jun ,Lu Jiaxi , etal. A Preliminary Quantum—Chemical An alysis of the Nature of Quasi—Aromaticity of the Puckered ［Mo_3S_3］ Ring in Certain ［Mo_3S_4］$^{4+}$ Clusters. Chinses Science Bulletin ,1990 ,35 (20):1698—1704.

21. 陈志达，李隽，卢嘉锡，等．平面单环多烯烃的定域化分子轨道研究——定域化分子轨道分析作为芳香性本质研究方法论的初步探讨〔J〕．自然科学进展，1990，试刊（2）：133—142．

附　录

附录一：卢嘉锡小传

卢嘉锡1915年10月26日出生于福建省厦门市，原籍台湾省台南市。年仅13岁就考入厦门大学预科，1930年升入本科，连续四年获陈嘉庚奖学金。1934年化学系本科毕业，同时修完数学系课程。毕业后留校任化学系助教。

1936年3月8日（农历二月十五，俗称“百花生日”）与吴逊玉结婚。

1937年，卢嘉锡考取中英庚款公费赴英留学，选择当时被认为是化学新领域的放射化学专业。1939年获博士学位，成为国际上早期成功分离出放射性高浓度浓缩物并进行定量研究的化学家。

1939年秋，卢嘉锡被美国加州理工学院接纳为客座研究员，师从两获诺贝尔奖的鲍林教授从事晶体学的研究工作。1944年在马里兰研究室参加美国国防研究工作时，曾获美国国防研究委员会颁发的“科学研究与发展成就奖”。

1945年底，卢嘉锡毅然辞去国外的一切聘任，离开旧金山回国。回国后历任厦门大学化学系教授兼系主任，理学院院长、副教务长，研究部副部长、部长，校长助理、副校长等职。

1947年春节期间抱着次子咸池，与长子嵩岳一起摄于宿舍楼顶平台上。

1955年，卢嘉锡被选聘为首批中国科学院数理化学部学部委员（现称院士），同年被高等教育部聘为一级教授，是当时我国最年轻的学部委员和一级教授之一。他于1953年参加中国农工民主党，1956年加入中国共产党。

1958年，卢嘉锡到福州参加筹建福州大学，担任副校长，并创办了以结构化学和新技术晶体材料研究为主的中国科学院福建物质结构研究所。

1973年，卢嘉锡在国际上最早提出固氮酶活性中心网兜模型，之后又提出过渡金属原子簇化合物“自兜”合成中的“元件组装”设想，为我国化学模拟生物固氮等研究跻身世界前列做出了重要贡献。1978年，他以台湾省代表团团长的身份参加了全国科学大会。1979年被授予全国劳动模范称号。

1981年5月，卢嘉锡当选为中国科学院院长，任职期间主持进行了中科院的一系列重大改革。他曾任

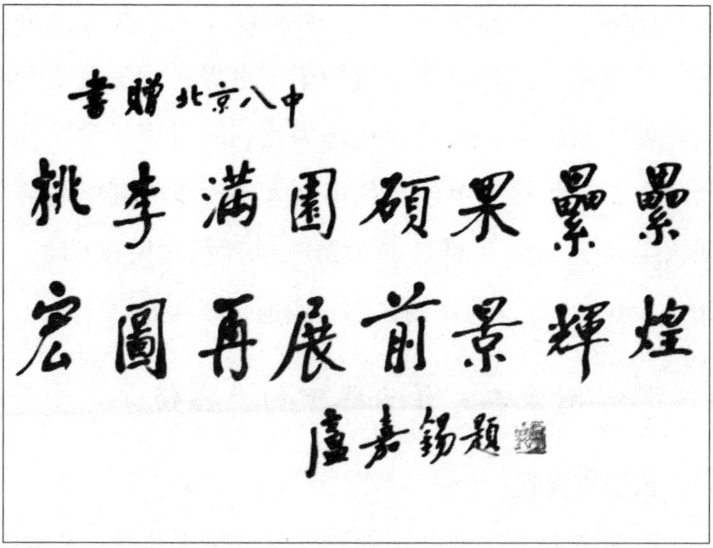

中国化学会理事长，1986年当选为中国科协副主席。1987年任中国科学院特邀顾问、主席团名誉主席。

由于在原子簇化学方面的突出贡献，卢嘉锡1991年获中国科学院自然科学一等奖，1993年获国家自然科学二等奖。由于在结构化学研究中的杰出成就，1999年获何梁何利科学与技术成就奖。

1988年，卢嘉锡当选为第七届全国政协副主席，1993年当选为第八届全国人大常委会副委员长。与此同时，他还连任农工民主党第九、十届中央主席。1998年当选为第九届全国政协副主席，农工民主党中央名誉主席。他还曾担任中国和平统一促进会会长、欧美同学会会长等职。

1984年，卢嘉锡被选为欧洲科学、艺术和人文科学院名誉院士；1985年当选为第三世界科学院院士和该院理事会理事；1987年被选为比利时皇家科学院外籍院士，同年接受英国伦敦市立大学授予的理学名誉博士学位；1988年被任命为第三世界科学院副院长。2001年6月4日，卢嘉锡在福州病逝，终年86岁。

附录二：子女眼中的卢嘉锡

长子卢嵩岳：

在学习上，父亲勤奋细致，常说学无止境，勤学苦练才能学有所成，主张多读多写多练习，而且做一

1947年夏天与夫人吴逊玉、长子嵩岳（左）、次子咸池（右二）合影。

道题就要能举一反三。父亲讲课非常风趣，他不写详细的教案，有时只是随手把大纲写在日历纸的反面，课堂上临场发挥，就能把枯燥的化学课讲得生动活泼，听课的人从不打瞌睡。他演讲时，学校最大的教室往往不够用，门口都挤满了人。

次子卢咸池：

在家里，父亲既严格又慈祥。说他严格，是他经常教育我们要老老实实做人，做一个对国家和社会有用的人。说他慈祥，是他总是用说服、教育、劝导的方法，以自己的榜样、民主的家风和他特有的教育方式对我们"言传身教"。记得小时候，每当我们吃饭把饭粒撒得满地时，父亲就用温和的口气批评我们"像鸡啄米一样"，要我们蹲下去把饭粒捡

卢嘉锡的儿子卢嵩岳（左一）

起来。

在儿女的升学志愿问题上，父亲既适当指导，又尊重儿女的个人志向。1964年高中毕业前，父亲问我大学想学什么，我说想学天文。他说，天文当然不错，但国家要强大，就必须发展原子能事业，他建议我报考北京大学与原子能有关的专业。同时，他仍然鼓励我把天文作为自己的业余爱好。他认为一个学生在学好课程的同时有广泛的兴趣爱好，对拓宽知识面、对个人的全面发展有益。

小女儿卢紫莼：

父亲留给我的印象是多姿多彩的：是慈祥的父亲，是出色的“教书匠”（他喜欢这么称呼自己），是一位吃住从不讲究、做事却极为认真的男人，是不善于料理家务、却很关爱妻子的丈夫。

父亲是一个节俭一生的老人。然而，正是这样清苦一生、为中国科学教育贡献一生的老人，临终前还不忘提醒子女，要捐出自己1999年获得“何梁何利基金科学与技术成就奖”的百万港元奖金。

根据卢嘉锡的遗愿，子女们捐出了父亲生前所获全部奖金，于2006年8月与农工民主党中央、中科院、厦门大学、福州大学、福建物质结构研究所共同发起创建“卢嘉锡科学教育基金会”。基金会主要用于鼓励科学创新和支持人才培养，设有“卢嘉锡化学奖”“卢嘉锡优秀导师奖”和“卢嘉锡优秀研究生奖”，还在厦门设立了“卢嘉锡青少年创新奖”。

卢嘉锡科学教育基金获奖者（2005年）

中华魂·百部爱国故事丛书
提　　要

《誓与禁烟相始终——民族英雄林则徐》

林则徐严禁鸦片，坚决抵抗西方列强的侵略，坚持维护国家主权和民族利益。他是中国近代历史上第一位睁眼看世界的人，是抗击帝国主义殖民侵略的第一人，是中华民族抵御外侮过程中伟大的民族英雄。

《血洒虎门御敌寇——抗英将军关天培》

民族英雄关天培，在第一次鸦片战争中为了抗击英国侵略者的入侵而血洒虎门，为国捐躯，谱写了一曲可歌可泣的英雄赞歌。关天培用他的生命，书写了中国人民反抗外侮的历史。

《威震镇海靖节魂——抗敌英雄裕谦》

在第一次鸦片战争期间的众多牺牲者中，有一位官阶最高，他就是两江总督裕谦。裕谦与外国侵略者斗争立场坚定，与国内妥协派、投降派斗争态度坚决。裕谦督战镇海，与英国侵略军浴血奋战，临危不惧，以身报国，浩气长存。

《斩邪留正解民悬——太平天国领袖洪秀全》

农民出身的洪秀全，从失意文人到起义领袖，经历了长期的思想演变过程，在外敌入侵、清朝政府腐朽的历史环境之下，顺应时代的潮流，成长为一位非凡的历史英雄人物，建立了与清朝政府相抗衡的农民政权——太平天国。

《仰承汉唐　荟萃中外——近代数学家李善兰》

李善兰是我国19世纪重要的科学家之一，在数学、天文学、力学等方面都有重大建树。他继承了我国古代数学的成就，又以极大的热情传播西方科学文化，“仰承汉唐，荟萃中外”，把自己的一生献给了科学事业。

《严谨治学　勇于探索——近代著名数学家华蘅芳》

华蘅芳，中国近代数学家之一。其精通中国古算学，并熟练掌握西方近代数学，是中国验证抛物线并著书立说的参与者。为了证明“外国有的，中国也能造”而鞠躬尽瘁，在引进西方科学技术、传播科学知识上贡献卓著。

《折冲樽俎护山河——近代著名外交家曾纪泽》

曾纪泽是中国近代史上著名的爱国外交家，在中俄伊犁交涉事件中，他秉承抵抗列强、保卫国家的坚定意志，利用外交手段全力同沙俄抗争，捍卫了国家主权、民族尊严，收回了祖国的领土，在近代中国外交史上留下了光辉的一页。

《甲午海战留英名——民族英雄邓世昌》

邓世昌，北洋水师名将。本书以邓世昌的成长过程为线索，以代表性的历史故事为主要内容，还原真实的历史事件，突出鲜明的人物性格。邓世昌因在中日甲午海战中突出的英雄气概而名垂史册，书写了伟大的爱国主义篇章。

《誓与舰队共存亡——北洋水师提督丁汝昌》

丁汝昌处在清朝政府的腐朽和李鸿章的专断下，难以施展爱国的抱负，壮志未酬，愤恨而终。但丁汝昌为建立近代海军作出的巨大贡献，带领北洋舰队爱国官兵勇抗强敌的英雄事迹，将永远为后代所传颂。

《镇南关上凯歌扬——抗法老英雄冯子材》

1885年中法战争中，年逾古稀的冯子材为抵御外国侵略，勇赴国难，大败法军于镇南关，并乘胜追击，接连收复文渊、谅山等地，从根本上扭转了中法战争的局面，成为近代民族英雄的杰出代表。

《屡败法军逞英豪——黑旗军将领刘永福》

刘永福是黑旗军的创建者，是农民出身的杰出军事家、政治活动家。在19世纪发生的援越抗法、中法战争中，他率部与帝国主义侵略者进行了殊死的战斗，建立了卓越的功勋，成为我国近代史上著名的民族英雄，为后世所景仰。

《矢志变法强国家——戊戌变法领袖康有为》

康有为是清末民初最有影响力的思想家之一。他领导了中国知识界的启蒙运动，掀起了一场自上而下的政体改革。他最早在中国提出了立宪政体和具体的宪政方案，主张在坚持儒家传统和帝制的前提下，学习西方经验，他的进步思想对近代中国具有深远的影响。

《开民智以报国　普新知而图强——戊戌变法思想家梁启超》

梁启超，中国近代史上著名的政治活动家、启蒙思想家、史学家、文学家，戊戌变法领袖之一。本书以百日维新思想家梁启超的成长过程为线索，以代表性的历史故事为主要内容，还原真实的历史事件，突出鲜明的人物性格。

《我自横刀向天笑——维新志士谭嗣同》

谭嗣同在民族危机的严重时刻，投身改革救中国的洪流。为了带给祖国一个光明的未来，紧要关头，他挺身而出，用自己的鲜血激励后人，把宝贵的生命献给了变法事业。

《睡乡敢遣警世钟——用生命警策国人的陈天华》

陈天华是民主革命的活动家和宣传家。他写的《猛回头》《警世钟》等书，起到了革命启蒙的重大作用。为了激发留日学生的爱国情怀，他不惜投海自杀，演出了近代史上感人至深的一幕，给后人留下了难忘的印象。

《革命军中马前卒——民主斗士邹容》

革命乃“至尊极高，独一无二，伟大绝伦之一目的”；它是“天演之公例，世界之公理，顺乎天而应乎人”的伟大行动。因此，必须“仗义群兴革命军”。他激情高呼：“革命独子万岁！中华共和国万岁！”这就是《革命军》的作者，中国近代著名资产阶级革命宣传家邹容。

《休言女子非英物——鉴湖女侠秋瑾》

为民族解放和妇女解放而英勇斗争的秋瑾，冲破封建礼教的思想牢笼，打碎封建精神枷锁，崇仰真理，追求光明，主张共和，坚持男女平等，最终献出了自己年轻的生命。

《血溅校场　杀身成仁——民主斗士徐锡麟》

本书讲述了反清志士徐锡麟弃文从武、投身反清革命事业，最终被清政府杀害的故事。出于对国家的热爱，徐锡麟献出自己的生命，他的事迹将永远激励后人深切缅怀这位民主革命的先驱。

《生可死耳　我志长存——献身民主的禹之谟》

禹之谟，民主革命党人，同盟会会员，近代资产阶级革命家、实业家。1886年，20岁的禹之谟“提三尺剑，挟一卷书”游历四方，研究西方社会政治学说，忧国忧民之心日趋强烈。戊戌变法失败，他丢掉改良幻想，倡革命救亡之说，走上民主革命道路。

《物竞天择　适者生存——资产阶级启蒙思想家严复》

严复是中国近代著名的启蒙思想家、翻译家和教育家。他长期从事教育和翻译事业，为近代中国人才培养和思想启蒙做出了重要贡献，同时他也为中国的翻译事业和中西思想文化交流做出了重要贡献。

《辛亥革命急先锋——资产阶级革命家黄兴》

黄兴，清末民初资产阶级革命家，中华民国开国元勋。黄兴在武昌首义及辛亥革命时期的爱国表现，与孙中山闻名于当时，常被时人以“孙黄”并称。本书以资产阶级革命活动实干家黄兴的成长过程为线索，歌颂了先辈伟大的爱国主义精神。

《矢志革命　百折不回——近代民主革命家廖仲恺》

廖仲恺追随孙中山踏上了创立民国与捍卫共和制的旧民主主义革命

之路；在新民主主义革命时期，他为建立、巩固首次国共合作和实施三大政策，英勇奋斗，为国殉职，洒尽了一腔热血。

《将军拔剑南天起——护国英雄蔡锷》

蔡锷是中国近代史上的杰出军事家、爱国者。他的一生短暂而伟大。辛亥革命爆发，他毅然投身于革命洪流之中，领导云南重九起义，对武昌起义积极响应。袁世凯窃国复辟、恢复帝制的阴谋暴露出来以后，他又毅然举起了武装讨袁的旗帜。

《反帝反封建运动——五四青年的爱国故事》

五四运动是一次伟大的反帝反封建的爱国运动；是一个伟大的历史转折点；是中国人民的斗争从挫折走向胜利的一个关节点，它为中国的前进开辟了一条全新的道路，拉开了中国新民主主义革命的序幕。

《思想自由　兼容并包——著名教育家蔡元培》

蔡元培是中国近现代著名的民主革命家和教育家，一生经历风雨，却始终信守爱国和民主的政治理念，致力于废除封建主义的教育制度，奠定了我国新式教育制度的基础，为我国教育、文化、科学事业的发展做出了富有开创性的贡献。

《为国家争光　为民族争气——中国铁路之父詹天佑》

詹天佑是我国最早的杰出铁道工程师，因主持建造京张铁路而闻名中外，被誉为“中国铁路之父”。他为祖国的铁路事业贡献了毕生的精力。本书向读者展示了詹天佑热爱祖国、科技兴国的辉煌人生。

《实业救国　衣被天下——轻工之父张謇》

张謇是爱国实业家、教育家。他年轻时中过状元。过了40岁，开始投身工商实业活动中，他的名言是“富民强国之本在于工”。在南通，创办大生丝厂、银行等各种实业。并将创办实业的大部分所得投入教育。他的观点是，教育和实业一样，也是“富强之大本”。

《心向革命　追求光明——平民将军冯玉祥》

冯玉祥将军“是一位从旧军人转变而成的坚定的民主主义战士”。

抗日战争期间，他辗转各地，用实际行动积极抗战。日本战败投降后，他为了断绝美国的援蒋内战，又在美国四处演说，揭露蒋介石统治之黑暗，痛斥美国阴谋分裂中国的不良行为。

《刑场上的婚礼——革命烈士周文雍　陈铁军》

周文雍是广州起义的主要领导人之一。陈铁军出身于华侨商人家庭，却毅然投身革命洪流。1928年1月，两人接受派遣，回到广州假扮夫妻从事革命斗争，却不幸被捕。临刑前，两位烈士将敌人的枪声当作自己婚礼的礼炮，用生命和爱情谱写出一曲千古绝唱。

《星星之火　可以燎原——井冈山斗争的故事》

1927—1929年，毛泽东、朱德等老一辈革命家，在井冈山创建了农村革命根据地，进行了艰苦卓绝的斗争，建立了新型革命武装，点燃了工农武装革命之火，找到了农村包围城市最后夺取政权的中国革命的正确道路。

《新民学会的主要发起人——中国共产党早期革命家蔡和森》

蔡和森青年时期曾与毛泽东等人一起组织进步团体新民学会，参加五四运动，并在赴法国勤工俭学时研读大量马克思主义著作，回国后以满腔热忱投身革命事业，成为中国共产党早期重要的理论家和宣传家。

《威震黄浦江畔　高奏抗日壮歌——一·二八淞沪抗战》

面对日本侵略者的挑衅，十九路军在蒋光鼐、蔡廷锴的带领下，高举义旗，奋力一搏。一·二八淞沪抗战，是中国军人捍卫军人荣誉和祖国尊严所发出的吼声，谱写了一曲抗击日军侵略的英雄壮歌。

《将军恨不抗日死——慷慨就义的吉鸿昌》

在国难深重的20世纪30年代，吉鸿昌将军因拒绝执行国民党指示，坚决不打内战，被迫携眷出国“考察”。回国后，他加入中国共产党，组织了民众抗日同盟军，英勇打击日本侵略者，后于1934年11月被国民党反动派杀害。

国。第一三二师师长赵登禹指挥部队顽强抵抗日军，右臂中弹负伤，仍继续作战。后在转移途中遭日军截击而牺牲。

《八百壮士　四行仓库铸军魂——谢晋元和他的战友们》

八一三抗战，中国军人以血肉之躯揭开全面抗战的帷幕。这是一场血战，是中国军人不屈不挠的英雄诗篇，其中的八百壮士守四行，成为这首英雄颂歌中最动人、最凄美的音符。一曲四行保卫战，铸就了不屈的军魂。

《八女投江　气贯长虹——八位抗联女战士》

抗日战争时期，以冷云为首的东北抗日联军8名女战士，为捍卫民族尊严，面对凶残的日寇，镇定自若，宁死不屈，投江殉国，表现了中华民族同敌人血战到底的英雄气概。她们的光辉形象，激励着千千万万的后来人。

《艰苦抗战　威震敌胆——著名抗日英雄杨靖宇》

杨靖宇将军是我国著名的抗日民族英雄。曾先后担任磐石游击队政治委员、东北抗日联军第一军军长兼政委、抗日联军总司令等职。领导军民对日寇坚持了长达9个年头的艰苦卓绝的斗争，最终以身殉国。

《死也不当亡国奴——镜泊抗日英雄陈翰章》

陈翰章，从1932年8月投笔从戎，直到1940年12月8日为抗击日本侵略者，战死在镜泊湖畔。他在抗日疆场上奋战了九年，他那可歌可泣的英雄事迹将为人们永世传颂。

《名将殉国　气壮山河——抗日将军张自忠》

著名抗日将领、民族英雄张自忠，生于忧患的时代，抱有“宁为百夫长，胜作一书生”的志向，经历过失败与低谷，最终成就了慷慨人生。本书主要以人物活动为主，勾画出一个真正的“民族魂”鲜活的人生，会带给读者振奋的力量。

《宁死不辱战士名——狼牙山五壮士》

1941年日寇在河北易县“扫荡”。为掩护群众和主力部队撤退，五位八路军战士毅然把敌人引上了狼牙山棋盘坨峰顶绝路。弹尽粮绝、无路可退，五位英雄纵身跳下了万丈悬崖，用生命和鲜血谱写出一曲惊天地泣鬼神的壮举。

《太行浩气传千古——抗日名将左权》

左权，中国工农红军和八路军高级指挥员，著名军事家。是八路军在抗日战场上牺牲的最高指挥员。名将阵亡，太行山为之垂首，全党为之悲痛。周恩来称他“足以为党之模范”，朱德赞誉他是“中国军事界不可多得的人才”。

《虎将兴关外　抗倭统雄师——抗联英雄赵尚志》

本书描写了久经考验的共产党员、东北抗联的创建者和主要领导人赵尚志，在艰苦卓绝的条件下，坚持抗战，威震敌胆，战功卓著，忍辱负重，忠贞不屈，为国捐躯的英雄故事，为青少年读者呈上一部爱国主义的佳作。

《黄埔之英　民族之雄——抗日名将戴安澜》

抗日名将戴安澜，先后参加保定、漕河、台儿庄、武汉、昆仑关等战役，作战英勇，屡建奇功；入缅作战，“扬威国外，藉伸正义”；守东瓜，复棠吉；殒身缅北，遗恨丛林，马革裹尸，成就了光辉的一生。

《爱国志士　民主先锋——新闻出版家邹韬奋》

本书讲述了邹韬奋献身新闻出版事业的奋斗历程，展现了一位新闻工作者坚定的革命信念和炽热的爱国主义精神，全心全意为人民服务、为读者服务的奉献精神，歌颂了他的高尚情操和优良品质。

《为抗战发出怒吼——人民音乐家冼星海》

人民音乐家冼星海，青年时期在巴黎求学，饱尝屈辱与磨难；学成后毅然回到多灾多难的祖国，用满腔热忱谱写激昂的音乐，鼓舞中华儿女的斗志；奔赴延安，谱写出不朽的名作《黄河大合唱》，发出中华民族抗日救亡的怒吼。

《全民皆兵　抗击日寇——抗日战争的故事》

中国人民进行的十四年抗战，是一百多年来中国人民反对外敌入侵第一次取得完全胜利的民族解放战争。这场战争是以国共两党合作为基础，有社会各界、各族人民、各民主党派、抗日团体、社会各阶层爱国人士和海外侨胞广泛参加的全民族抗战。

《捧着一颗心来　不带半根草去——人民教育家陶行知》

陶行知是我国现代教育史上伟大的人民教育家、教育思想家。他从青年起就立志献身教育事业，以“捧着一颗心来，不带半根草去”的赤子之心，为人民的教育事业鞠躬尽瘁。

《为民主与和平拍案而起——民主斗士闻一多》

闻一多早年与梁实秋等人发起成立清华文学社。赴美留学期间由对祖国的深深眷恋而创作著名的《七子之歌》。后在西南联大任教8年，积极投身于抗日运动和争取民主的斗争，发表了著名的《最后一次讲演》。

《铁窗难锁钢铁心——革命先烈王若飞》

王若飞是我党早期杰出的无产阶级革命家。在艰苦卓绝的斗争中，他出生入死，屡建奇功，以超人的睿智和胆略，在敌人的监狱中，同敌人展开了殊死的较量，为抗战的胜利和新中国的诞生做出了卓越的贡献。

《横扫千军　还我河山——抗联名将李兆麟》

李兆麟是东北抗日联军创建人之一，他率领抗日联军历尽千难万险与日本侵略者浴血奋战，在极其艰苦的条件下，保存了抗日联军的有生力量，为东北光复做出了重大贡献。

《锄头开出新天地——解放区大生产运动》

为了解决困难，渡过难关，党中央号召党政军民齐动手，开展大生产运动。中国共产党在其控制区域内发动的一场军队屯田和鼓励生产的群众运动，达到了自己动手丰衣足食，共度难关，既进行革命又进行生产自足的目的。

《生的伟大　死的光荣——女英雄刘胡兰》

刘胡兰，坚贞不屈的少年女英雄。生前对我国劳动人民的解放事业无限忠诚，在敌人威胁面前，大义凛然，毫无惧色，英勇牺牲，表现了共产党员的高贵品质。

《饿死不领美国救济粮——爱国知识分子的楷模朱自清》

朱自清作为爱国知识分子的典型，以锐利的笔锋直言痛斥反动政府的暴行，体现了他崇高的爱国情怀和不畏恶势力的精神品格。毛泽东曾给朱自清先生以高度评价："一身重病，宁可饿死，不领美国的'救济粮'"，"表现了我们民族的英雄气概"。

《为了新中国前进——舍身炸碉堡的董存瑞》

伟大的英雄，中国人民的儿子董存瑞，从儿童团长成长为一名光荣的解放军战士，在1948年解放隆化县城时，舍身炸碉堡，为新中国献出了自己年轻的生命。他的英雄形象永远留在人民心里。

《宁死不屈的共产党员——革命烈士江竹筠》

江竹筠，就是著名的江姐。1947年春，她负责《挺进报》工作，只几个月的时间，报纸就发行到1600多份，引起了敌人的极大恐慌。由于叛徒出卖，江姐不幸被捕，惨遭毒刑的残酷折磨，仍坚贞不屈。最后被特务秘密枪杀，年仅29岁。

《抗美援朝　保家卫国——志愿军的战斗故事》

抗美援朝战争是中国人民志愿军为援助朝鲜人民、保卫祖国安全，与美国为首的"联合国军"发生的战争。在朝鲜牺牲的志愿军烈士们，他们英勇的战斗事迹、保家卫国的精神值得我们发扬光大。

《上甘岭上壮烈歌——黄继光和他的战友们》

在1952年10月的上甘岭战役中，黄继光和他的战友们在零号阵地半山腰被敌机枪火力点压制，此时，黄继光身上已经多处负伤，手雷也已全部用光。为了完成任务，减少战友的伤亡，他用自己的胸膛堵住正在扫射的敌机枪射孔，为反击部队扫清了前进的道路。

《诗书印画　全入神品——国画大师齐白石》

齐白石出身贫寒，做过农活，当过木匠，后改学雕花木工，从民间画工入手，摹古人真迹，学诗文书法，融汇古今，而诗、书、印、画俱佳；他将中国画的精神与时代的精神统一得完美无瑕，使中国画得到国际的重视，无愧于“国画大师”的称号。

《毕生为文化而奋斗——中国第一出版家张元济》

张元济参与、主持和督导商务印书馆近六十年，使其从简单的印刷企业转变为当时中国教育出版的旗帜。张元济一生爱书，在中华大地动荡不安的年代里，他用自己对文化的热爱，续存着中华民族灿烂悠久的文明之光。

《独树一帜　梨园大师——著名京剧表演艺术家梅兰芳》

梅兰芳，京剧大师，演唱风格独树一帜，世称“梅派”。曾先后赴日本、美国、苏联演出，并荣获美国波摩那学院和南加州大学的荣誉文学博士学位。作为一位爱国者，抗战期间蓄须明志，拒绝为日本人演出，为后世称颂。

《华侨旗帜　民族光辉——爱国侨领陈嘉庚》

陈嘉庚是著名的爱国华侨领袖、企业家、教育家、慈善家、社会活动家。他为辛亥革命、民族教育、抗日战争、解放战争、新中国的建设做出了卓越的贡献。生前被毛泽东誉为“华侨旗帜、民族光辉”。

《向雷锋同志学习——伟大的共产主义战士雷锋》

雷锋，一个平凡而伟大的共产主义战士，一心向着党，一生秉承着全心全意为人民服务、无私奉献的崇高思想；发扬刻苦学习和钻研理论的“钉子”精神；坚持勤俭节约、艰苦奋斗的优良作风。毛泽东为其题词：“向雷锋同志学习。”

《人民的好公仆——县委书记的好榜样焦裕禄》

焦裕禄，被誉为县委书记的好榜样。他用自己的革命精神，展开了与大自然、与社会落后现象、与病魔的多重抗争，让我们领略到一个共产党人的生之伟大、死之壮美的人格品质和具有现实教育意义的精神魅力。

《文学巨匠　京味大师——人民作家老舍》

老舍是我国现代小说家、文学家、戏剧家。他用融入骨髓的真诚文字反映生活的喜怒哀乐。老舍的一生，总是在忘我地工作，他是文艺界当之无愧的“劳动模范”，生前被北京市人民政府授予“人民艺术家”的称号。

《革命老人——无产阶级教育家徐特立》

徐特立是一代伟人毛泽东的老师。他出生在贫苦家庭，大部分时间生活在动荡艰苦的年代；他刻苦勤奋，不畏艰辛，追求光明，一生勤俭，为革命培养了大量的人才；他对党和人民任劳任怨，鞠躬尽瘁。他坎坷奋斗的一生，留下了许多可歌可泣的故事。

《人生能有几回搏——新中国第一个世界冠军容国团》

容国团先后担任中国乒乓球队运动员、女队主教练。获得1959年男子单打世界冠军；1961年夺得男子团体世界冠军；作为中国女队主教练，1965年率女队第一次夺得女子团体世界冠军。他的“人生能有几回搏”的豪言，举国传诵。

《石油工人一声吼　地球也要抖三抖——铁人王进喜》

王进喜，新中国第一批石油钻探工人。他为祖国石油工业的发展和社会主义建设立下了不朽的功勋，在创造了巨大物质财富的同时，还给我们留下了宝贵的精神财富——铁人精神。他被评为“百年中国十大人物”，写入中华民族的光辉史册。

《做人民需要我做的事——著名地质学家李四光》

李四光是一位伟大的科学家，他一生从事地质学研究工作，足迹遍布祖国的山川，为祖国探明了许多地下宝藏；他创建了崭新的学说——地质力学；他历尽重重困难，为正确认识地质构造开辟了一条新路。

《中国化学工业的先驱——著名化学家侯德榜》

为摆脱纯碱需要进口的窘况，20世纪初，怀着“实业救国”梦想的中国化工先驱侯德榜等人创办了永利碱厂，并立志生产出中国人自己的碱。1926年，永利碱厂终于成功地生产出“红三角”牌纯碱，从此中国制碱业得以跨入世界先进行列。

《毕生求是　一丝不苟——著名科学家竺可桢》

著名科学家竺可桢献身科学研究；治学严谨，一丝不苟；一生廉洁，两袖清风；作风民主，爱护学生。他以爱国之心、报国之志，从一个民主主义者逐渐成长为一个共产主义战士。

《热爱自然的大地之子——著名植物学家蔡希陶》

蔡希陶，五十载风雨，五十载坎坷，五十载奋斗，五十载开拓，为了发现对人类生产、生活有用的植物及新物种的引进而做出巨大贡献，在中国的植物资源学史上将永远镌刻着他的名字。

《高洁无私的襟怀——知识分子的楷模蒋筑英》

蒋筑英是中国当代知识分子的先锋典范，他不为名，不为利，尊重科学；他以坚忍的毅力和顽强的作风，在科学的道路上呕心沥血，鞠躬尽瘁，无私地奉献了青春和生命。

《迎接新生命的天使——卓越的妇产科专家林巧稚》

林巧稚是国内外享有盛誉的妇产科专家。在五十多年的医学教育和临床实践中，林巧稚亲自接生了五万多婴儿，治愈了数千病人，培养了数以百计的专门人才，为我国的妇女儿童事业做出了不可磨灭的贡献。

《独自成千古　悠然寄一丘——国画大师张大千》

张大千是20世纪中国画坛最具传奇色彩的国画大师，无论是绘画、书法、篆刻、诗词无所不通。在艺术界深得敬仰和追捧，艺术家们用真挚的感情，用绘画和雕塑展现了“张大千”多彩的艺术形象。

《建造中国的通天塔——著名数学家华罗庚》

中国当代著名数学家华罗庚，为中国数学的发展做出了无与伦比的贡献，他是中国解析数论、典型群、矩阵几何等多方面研究的创始人与开拓者，也是我国最早将数学理论研究与生产实践紧密结合的科学家。

《问鼎长天　强我国威——两弹元勋邓稼先》

邓稼先是我国著名科学家，参加组织和领导我国核武器的研究、设计工作，从对原子弹、氢弹原理的突破和试验成功及其武器化，到新的核武器的重大原理突破和研制试验，作出了重大贡献。是我国核武器理论研究工作的奠基者之一，被誉为“两弹元勋”。

《敢叫天堑变通途——桥梁专家茅以升》

中国著名的桥梁专家茅以升从小立志为祖国建造桥梁，经过不懈努力，他不仅设计建造了一座座宏伟壮观、坚固实用的道路桥梁，而且搭建了一座座友谊之桥，为祖国建设作出了卓越贡献。

《蘑菇云之梦——核物理学家钱三强》

被誉为“中国原子弹之父”的核物理学家钱三强，更名后立志于科技报国；24岁投师于世界著名核物理学家居里夫妇；与夫人何泽慧合作，发现铀的“三分裂”“四分裂”现象；统领我国的原子大军，做了大量创造性工作。

《两离桑梓地　满怀雪域情——领导干部的楷模孔繁森》

孔繁森，是一位一尘不染、两袖清风的好干部。两次进藏工作，历时十载，为西藏的建设、发展和稳定作出了突出的贡献。1994年11月，孔繁森不幸以身殉职。人民群众称他为新时期领导干部的楷模。

《摘取数学皇冠上的明珠——著名数学家陈景润》

陈景润是享誉世界的数学家，为了证明“哥德巴赫猜想”，他以惊人的毅力在数学领域里艰苦跋涉，终于攻克了世界著名数学难题“哥德巴赫猜想”中的“1+2”，创造了中国乃至世界数学史上的辉煌。

《学术独步　饮誉四海——享有国际威望的科学家卢嘉锡》

卢嘉锡是一位在国际科学界享有崇高威望的物理化学家、化学教育家和科技组织领导者。1945年，卢嘉锡满怀“科学救国”的热忱回到祖国，对中国原子簇化学的发展起了重要推动作用，他所指导的新技术晶体材料科学研究，也取得了重大成绩。

《德艺双馨　梨园楷模——著名豫剧表演艺术家常香玉》

常香玉1941年赴陕甘演出。1948年在西安创办香玉剧社。1951年为支援抗美援朝，率剧社巡回西北、中南、华南各地演出，以演出收入捐献“香玉剧社号”战斗机一架，素有“爱国艺人”之誉。

《文学大师　激流勇进——著名作家巴金》

本书以巴金生平和主要事迹为线索，回顾和展示现代著名作家巴金的一生，以期让人们看到巴金在这风云变幻的100多年中，有过成功的欢欣，有过屈辱的磨难，有过痛苦的忏悔，有过平静的安宁。巴金的人生，映照着一代中国五四知识分子坎坷而不平凡的命运。

《壮心系科学　孜孜为国昌——理论化学家唐敖庆》

本书讲述了唐敖庆从出国求学、学业有成、回国任教，到服从安排、艰苦工作、刻苦钻研，最终成为中国量子化学奠基者的过程。让人们看到了这位著名化学家的赤心爱国、严谨治学、大公无私的崇高品格和科研上的卓越成就。

《中国导弹之父——著名科学家钱学森》

当第一颗原子弹升空的时候，当中国的人造卫星奏响《东方红》的时候，当中国运载火箭腾空而起的时候，当中国研制的导弹准确命中目标的时候，人们都会想起他的名字：中国导弹之父钱学森。

《中国近代力学的奠基人——著名科学家钱伟长》

钱伟长曾以中文和历史两个100分的成绩考入清华大学。九一八事变后，钱伟长毅然放弃了文科的学习而转为理科。他是中国近代力学、应用数学的奠基人之一，在固体力学、流体力学以及航空航天领域，取得了卓越的成就，为新中国的现代化建设付出了毕生的精力。

《中国光学科学的奠基人——著名科学家王大珩》

王大珩是我国著名的科学家，中国光学科学的奠基人。他先在清华就读，后赴英国求学，学业有成，立志科学救国，其成就享誉神州。他以科学的求是精神和赤诚的爱国情怀，探索着中国光学发展的闪光之路。